Roswitha Meinke
Frühe Hölle, spätes Glück

Dieses Buch ist all jenen gewidmet, die einen ähnlichen Leidensweg durchschritten haben, oder dies bei Verwandten mit erleiden mussten, insbesondere meinen Söhnen Sascha, Andreas, Patrick und den mir nahe stehenden.

Besondere Danksagungen an meine Mutter Ursula, meinen Bruder Detlef, meine Schwester Martina, Mutter und Vater Waldau, Gela, Conny, Irmi, Angelika und Wolfgang, Rosi und Horst, Gitti, Tine, Marlis und Hans, Andreas, das Sozialamt Kreuzberg und nicht zu vergessen die Hebamme die mir meinen Lebensmut wieder gab und mich von meinen Zweifeln befreite, vielleicht mein ungeborenes Kind getötet zu haben.

Außerdem noch tiefe Dankbarkeit dem Personal des Wenkebach Krankenhauses, das es mir und Patrick ermöglichte für ihn ein besseres Leben zu wählen und Eltern wie Edith und Kai zu haben.

Einen persönlichen Dank an Mia, die eine Brücke zwischen Patrick und mir bildet.

Zu guter letzt einen Dank an meinen Mann Mike, der nach so vielen Jahren noch immer in der Lage ist meine Ängste abzufangen und mir zeigt, dass ich ihm trotz aller seelischer Blessuren vertrauen kann. Danke auch dafür, dass er mir meinen größten Wunsch, ein kleines Haus mit Garten, erfüllt hat und meinen Kindern mehr Vater war und ist, als es die biologischen Väter je hätten sein können.

Roswitha Meinke

Frühe Hölle, spätes Glück

Vergewaltigt und geschlagen doch wir haben überlebt

Impressum

© 2010 Roswitha Meinke

Herstellung und Verlag: Books on Demand GmbH, Norderstedt.

ISBN: 978-3-8391-4466-4

Inhalt

Vorwort

Der Grund warum ich dieses Buch anfing zu schreiben ist, weil ich einen Sohn in Schweden habe.

Sascha und Andi, meine älteren Söhne, wollten dass ich ihn suche, denn sie wollten unbedingt ihren Bruder kennen lernen.

Ich habe ihn gefunden und habe auch Kontakt zu ihm und seiner Frau.

Patrick, so heißt er, hat mich gefragt warum ich ihn zur Adoption gegeben habe, aber ich kann es nicht verbal erklären.

Dieses Buch erzählt die Geschichte seiner Brüder und das es die beste Entscheidung meines Lebens war, wenigstens ihm das Leid zu ersparen, welches seinen Brüdern widerfahren war.

Ich möchte dass meine Söhne die Wahrheit erfahren und verstehen warum ihre Kindheit so verlaufen ist.

Meine Geschichte beginnt eigentlich schon lange vor meiner Ehe. Behütet aufgewachsen, wäre mein Leben wohl in anderen Bahnen verlaufen. Ich war ein Nachkriegs- und Besatzungskind, niedlich, blond, pausbäckig mit Pferdeschwanz und sehr redselig.

Bei Oma und Opa ging es mir gut. Wir haben zwar zu fünft in winzigen zwei Zimmern, in der von meinem Großvater aus Lehm gebauten Hütte gewohnt; mussten Wasser in Eimern aus der Pumpe holen, aber es gab Strom und ein warmes Plätzchen. Das war mehr als so mancher in dem zerbombten Berlin sein eigen nennen konnte.

Ich hatte damals bereits drei Geschwister, von denen allerdings nur ein Bruder mit uns wohnte. Meine Schwester war bei Pflegeeltern und mein anderer Bruder war in einem Heim für körperlich und geistig behinderte Menschen. Von beiden wusste ich damals noch nichts.

Der Vater meines Bruders ist über Korea abgeschossen worden und mein Vater war noch immer als Besatzungssoldat in Berlin.

Mutter hätte mit uns nach Amerika gehen können. Vaters Eltern hatten für sie die Bürgschaft übernommen, ohne die niemand nach Amerika einreisen durfte. Doch Großvater war krank. Er hatte wieder einen Malariaanfall, unter denen er seit seiner Rückkehr aus dem ersten Weltkrieg litt.
Es war schwer für ihn seine Familie zu ernähren und so ist Mutter geblieben.

Mutter hat einen Mann kennen gelernt. Er ist groß mit dunkelblondem Haar und er hat ein Moped! Später erfuhr ich, dass sie sich auf dem Arbeitsamt in Berlin Neukölln kennen gelernt haben. Das sollte mein Stiefvater werden, worüber ich nicht gerade glücklich war, denn das hieß in die Stadt ziehen, fremde Menschen und ohne meine geliebten Großeltern.

Meine Kindheit verlief von da an recht traurig. Ich war oft einsam und fühlte mich wie das fünfte Rad am Wagen. Schlafen musste ich in der Küche, denn wir bewohnten, in einer Durchgangswohnung mit drei Mietparteien, nur Stube und Küche. Angst war mein ständiger Wegbegleiter, denn ich war nicht gern allein.
Über diese Dinge will ich nicht schreiben, denn es geht letztendlich um die Hölle meiner Ehe! Diese Ehe bin ich eingegangen weil ich eine eigene kleine Familie haben wollte und...

… nach meiner Unterbringung im Heim kein Platz mehr für mich bei meinen Eltern war.

Teil 1

Einleitung

Brief an Michael

Ich habe durch „Sternenschein" (eine Person eines Interressen-Internetportals) wieder Mut gefasst und habe in meinen Unterlagen gewühlt bis ich ihn gefunden habe.
Diesen Brief schrieb ich 2000 kurz nach dem meine Mutter starb.
Eine Antwort habe ich nicht bekommen, aber das Vakuum in meinem Gehirn lichtet sich langsam. Ich muss sehr viel weinen, denn ich habe mittlerweile Kontakt zu meinem Sohn und zu seiner Frau, die beide in Schweden leben. Ich habe mich damals nicht geirrt als ich mich für Edith und Kai aus Schweden entschieden habe, denn sie sind das Beste was Patrick in seinem Leben passieren konnte.
Mia seine Frau, gibt mir auch Hoffnung das Patrick eines Tages persönlichen Kontakt zu uns aufnimmt.

Hallo Michael!

Es ist nun über 30 Jahre her, das ich das zweifelhafte Vergnügen hatte mit Dir verheiratet zu sein und ich kann Dir sagen, mein Hass auf Dich hat an Stärke noch immer nichts eingebüßt. Du warst nicht nur ein lausiger Partner sondern ein noch viel lausigerer Vater!!!!

Leider werde ich ständig mit Deiner Gegenwart konfrontiert, denn eine Freundin von Deinem Sohn Sascha, wohnt im Block gegenüber von Dir.

Kannst Du Dich noch daran erinnern wie oft und wie schwer Du mich misshandelt hast? Ich glaube nicht, denn Du warst schon immer ein Künstler im Verdrängen und Beschönigen. Ich hingegen habe viele Jahre mit den Nachwirkungen zu kämpfen gehabt und war deswegen in Therapie.

Ich will Deinem Gedächtnis jedoch ein wenig auf die Sprünge helfen und etwas aus unserem gemeinsamen Leben erzählen: Ich war gerade 17 als ich Dich kennen lernte. Es war ein relativ sonniger Tag Anfang April 1971 und ich habe meine Freundin Hannelore, die bei ihrem Freund Roland wohnte, besucht.
Meine damalige Beziehung lief nicht so gut; ich war im Begriff mich zu trennen, da traf ich Dich. Groß, gut gebaut, sehr nett und mit einem Charme, der Funken sprühte!
Ich war sehr angetan von Dir und war traurig darüber, dass Du Dich in solch einer Situation, verurteilt wegen Körperverletzung, weil Du die Ehre Deiner Mutter verteidigt hast und auf der Flucht von Deinem Freigang, nicht wissend wohin, befandest.
Armer Michael, aus gutem Hause kommend, Mutter eine höher geborene, mit einem Arbeiter verheiratet, der es letztendlich zum Besitzer einer Fahrschule gebracht hatte und doch ohne Elternhaus.

Als ich meinen Besuch beendete und mich bereits auf dem Innenhof des Hauses befand, standest Du plötzlich hinter mir, drehtest mich zu Dir, hobst mich in die Höhe und sagtest: „Wenn Du frei bist, möchte ich mich schon jetzt bei Dir anmelden, damit mir kein anderer zuvorkommt!" Wow, so etwas hatte noch niemand zu mir gesagt! Ich hatte plötzlich so viele Schmetterlinge im Bauch und mein Herz raste wie verrückt.

12

Ich wollte nicht dass das zu Ende geht und so blieb ich gleich bei Dir.

Die ersten Tage waren wundervoll, Du trugst mich buchstäblich auf Händen und erfülltest mir jeden Wunsch, soweit es Dir möglich war. Ich fühlte mich wie Hans im Glück, zumal ich dann auch noch eine Veränderung an meinem Körper feststellte. Meine Brust spannte, mir wurde ständig übel und ich musste mich jeden morgen übergeben. Wir bekamen ein Kind! Meine Freude war riesig, denn ich wollte so gerne eine eigene Familie und das mit Dir.

Ich weiß gar nicht mehr warum, aber plötzlich, nach knapp zwei Monaten, war alles anders! Ich hatte für Dich gekocht; zwar nur eine Tütensuppe, denn ich konnte damals noch nicht kochen, aber ich wollte Dir eine gute Frau sein! Du hast die Nudelsuppe probiert, sie in hohem Bogen ausgespuckt und zwar mir mitten ins Gesicht und mich so geschlagen, dass mir die Sinne schwanden.
Die Suppe war versalzen, ich hatte zuwenig Wasser hinein getan! Ich habe geweint. Es tat nicht nur körperlich weh, sondern seelisch noch viel, viel mehr.
Mein Gesicht schwoll sofort an und ich konnte nichts mehr sehen, denn meine Augen waren ebenfalls angeschwollen.
So plötzlich, so wie die Attacke begann, war sie auch wieder vorbei. Du hast Dich tausendmal entschuldigt und mir geschworen, dass so etwas nie wieder passieren würde. Du hast bebettelt und geweint; ich sollte Dich nicht verlassen. Es läge an der Anspannung weil Du doch auf der Flucht seiest und Angst davor hättest, wenn die Polizei Dich erwischt, mich zu verlieren. Erneut hast Du mein Herz erreicht. Ich verstand Dich und verzieh Dir. Doch das war nur der Anfang von einem Drama, das sich über viele Jahre hinzog.
Meinen Eltern erzählte ich nichts von alledem. Ich log ihnen vor, ich wäre gestürzt und auf dass Gesicht geschlagen. Doch ich kann Dir versichern, sie haben es nie geglaubt!

Einige Zeit ging tatsächlich alles gut. Das Einzige was ein großes Problem für mich darstellte war, das Deine Eltern mich als zukünftige Schwiegertochter ablehnten und Deine Vaterschaft anzweifelten. Doch das war nicht so schlimm, denn Ablehnung erfuhr ich so lange ich denken konnte, schon aus meinem eigenen Elternhaus. Viel schlimmer war, das Deine Mutter mir, inzwischen hochschwanger, mitteilte, das sie in mir eine Rivalin sah und nicht die Mutter ihres Enkels!

Wir wohnten mittlerweile in einer 1 Zimmerwohnung mit Ofenheizung auf dem Hinterhof im vierten Stock.
Was dort geschah weis ich leider nicht mehr, doch es muss etwas Gravierendes gewesen sein, denn meine Mutter mietete eine Wohnung in ihrer Nähe für mich und ich zog mit Sascha bei Dir aus.

Halt, jetzt fällt es mir ein!

Das Weinen von Sascha hat Dich so genervt, dass Du ihm einen Schlag auf den Po gegeben hast und drohtest ihn aus dem Fenster zu halten wenn er nicht augenblicklich aufhört zu weinen. Sascha war höchstens 2-3 Monate alt und ich hatte Angst das Du ihm etwas antust während ich arbeiten war.
Ich arbeitete in einer Bäckerei als Verkäuferin und musste jedes Wochenende arbeiten, da war mir die Gefahr an Leib und Leben für mein Kind zu groß!

Es ging uns gut allein! Ich hatte zwar keine Arbeit mehr, denn Du hast mich ständig bedroht wenn ich Feierabend hatte, so dass ich kündigte um aus Deinem Umfeld zu verschwinden, aber es ging uns gut!

Irgendwann bist Du wieder aufgetaucht; warst nett und zuvorkommend, spieltest mit Deinem Kind und gaukeltest uns vor, dass wir Dein Lebensinhalt seien und Du ohne uns nicht leben

14

könntest. Dumm und naiv wie ich war, inzwischen wieder schwanger von Dir, habe ich Dir geglaubt.

Wir freuten uns auf unser zweites Kind und alles lief wirklich gut. Bis kurz vor dem Geburtstermin von Deinem Sohn Andreas! Deine Eltern zweifelten, wie schon bei Sascha wieder einmal Deine Vaterschaft an und drängten darauf dass ich eine Adoption schnellstens in die Wege leiten sollte.
Unter dem enormen Druck, unter dem ich damals stand, ging ich zum Jugendamt und beantragte tatsächlich eine Adoption. Heute schäme ich mich dafür, denn ein Kind ist keine Handelsware und hat nicht um sein Leben gebettelt! Als es soweit war, habe ich im Krankenhaus Höllenqualen gelitten. Die Geburt zog sich 22 Stunden hin, denn ich war nicht mehr bereit mein Kind weg zu geben! Zu alledem kam noch dazu, das Du mich, während ich in Wehen lag, bereits das erste Mal betrogen hast und zwar mit Monika der Tochter von Margot! Egal, ich behielt mein Kind und teilte Dir das mit. Wie Du darauf reagiert hast, weiß ich nicht mehr.

Der nächste Vorfall, an den ich mich erinnere war, das Du meiner Mutter 4 Zähne ausgeschlagen hast! Es war Dein Geburtstag. Alles war schön hergerichtet und unsere Eltern kamen zu Besuch. Wir waren inzwischen verheiratet (Leider!!!).
Bis zum Kaffeetrinken war alles in Ordnung. Ich hatte Dir eine schöne Armbanduhr gekauft, die Du auch sofort umgebunden hast. Ich wollte das Abendbrot richten und stellte fest, dass ich vergessen hatte Senf für die Würstchen zu holen. Zum Glück gab es am Bahnhof den Imbiss Jonny, bei dem man versuchen könnte Senf zu kaufen.

Gesagt getan! Wir bekamen auch Senf und ich bekam wieder einmal Prügel!
Irgendetwas hat Dich gestört und Du fingst an mit mir zu streiten und wurdest sofort aggressiv. Du hast mich so geprügelt und getreten das ich Angst um mein Leben hatte. Was

aber noch viel schlimmer war, Du hast mich gezwungen an einer Litfasssäule, die nur wenige Zentimeter neben einer tiefen Baugrube (es wurde gerade die Brücke S- Bahnhof Hermannstraße erneuert) war, zu stehen, so das ich mich nicht bewegen konnte ohne Gefahr zu laufen in meiner Angst und der damit verbundenen Hektik, in die Grube zu stürzen. Vor lauter Angst habe ich mir in die Hosen gemacht.

Als Du schon fast auf der Mitte der Brücke warst, konnte ich diesen Platz mit Hilfe von Passanten, die alles beobachtet hatten, verlassen.

Du drohtest mir mit noch mehr Schlägen, wenn ich irgendetwas von diesem Vorfall unseren Eltern erzähle. Ich war aber mutig, denn ich dachte Du würdest mir schon nix anhaben können, weil Du ja auch Respekt vor Deinen Eltern hattest und diese nicht glauben sollten und wollten was für ein kaputter Mensch ihr Sohn war.

Sie hatten mir ohnehin nie geglaubt und so war es für mich die Gelegenheit zu beweisen dass ich nicht lüge und nie gelogen habe.

Deine Mutter schlug sofort mit einer Katzenleine auf Dich ein und Du ranntest sofort aus der Wohnung. Meine Mutter war so aufgebracht dass sie von mir wissen wollte wohin Du gegangen sein könntest.

Der Einzige in der Nähe war Jürgen Rossow; und da warst Du auch! Meine Mutter traf Dich dort an und stellte Dich zur Rede.

So weit ich weiß, hat sie Dir auch eine Ohrfeige gegeben und Du hast ihr daraufhin so einen Schlag ins Gesicht versetzt, das sie zu Boden stürzte und sie dabei, oder durch den Faustschlag 4 Zähne verlor, wovon sich 2 Zähne in ihren Unterkiefer gruben und später operativ entfernt werden mussten.

16

Nach diesem Desaster gab es wieder Ruhe, alle verziehen Dir, außer meine Eltern und ich dumme Kuh hab wie immer wieder zuvor, Deinen Beteuerungen geglaubt.

Nächster Akt, gleiches Paar. Wir bezogen gemeinsam eine Neubauwohnung in der Lichtenraderstraße.
Ich hatte dort die Hauswartstelle und so sparten wir an Miete. Endlich eine schöne Wohnung in einer besseren Wohngegend von Neukölln.
Durch den Kontakt zu dem Sohn des Hauseigentümers bekamen wir dessen Wohnung im vierten Stock des Hauses und hatten nun endlich ein Schlafzimmer und ein Kinderzimmer.
Ich arbeitete als Obstverkäuferin bei Bolle und Du warst im Tiefbau beschäftigt.

Alles lief gut, bis auf Deine monatlichen Ausrutscher. 1x am Ende des Monats bekam ich Prügel egal was auch geschah. Aber nichts desto trotz, hast Du meine damals 12 jährige Schwester, als sie auf die Kinder aufgepasst hat, sexuell missbraucht! Diese Tat verjährt nicht, das wollte ich Dir nur mal sagen! Zum damaligen Zeitpunkt habe ich das nicht gewusst, habe mich aber sehr gewundert, dass Martina plötzlich nicht mehr auf Sascha und Andi aufpassen wollte. Aber dazu komme ich später!

Der gravierende Vorfall im Jahre 1975 war ein ganz anderer! Ich wollte mir den Busen verkleinern lassen und war aus diesem Anlass zu einer Arztsprechstunde. Es war der 7.Mai 1975, Andi sein erster Geburtstag. Entweder warst Du zu diesem Zeitpunkt arbeitslos oder krankgeschrieben, jedenfalls warst Du zuhause. Nach dem Arzt bin ich noch bei Edeka am Herfurtplatz etwas zum Mittag einkaufen gegangen. Es sollte Dein Lieblingsgericht Kammkotelett mit Porree geben.
Als ich voll bepackt nachhause kam, fragtest Du mich woher ich jetzt komme. Du hattest beim Arzt angerufen und der sagte dass ich schon eine ganze Weile weg sei.

17

Nachdem ich Dir von dem Einkauf erzählte, unterstelltest Du mir, das ich ganz woanders war und ich musste mit Dir zurück zu Edeka gehen und alle Schritte des Einkaufes nachvollziehen.

Es fehlten 5 Minuten von der Zeit und das hat ausgereicht, dass Du mich erneut verprügeltest! Du hast mir den linken Unterarm gebrochen, eine Platzwunde an der Stirn zugefügt, mir den Schädel (Haarriss hinter dem linken Ohr) gebrochen, das Gesicht war total entstellt, der Körper zwischen Kopf und Beine war total aufgeschwollen von Deinen Tritten.

Du hast mich in diesen Zustand gezwungen Kartoffeln zu schälen, sonst wolltest Du mich mit einem Fleischermesser schälen.

Nach getaner Arbeit hast Du Dich erschöpft ins Schlafzimmer gelegt um ein wohlverdientes Schläfchen zu machen.

Ich habe mich dann aus der Wohnung geschlichen und bei Deinem späteren Verhältnis die Feuerwehr gerufen. Die Feuerwehrleute waren so erschüttert, über meinen Anblick, dass sie nahe daran waren Dich aus dem Fenster zu werfen. Meine Oma, die immer gut zu Dir war, hatte mich kurz vorher angerufen und musste alles mit anhören und hat dadurch so einen Schock bekommen, das sie krank wurde, sich nie wieder erholen konnte und starb.

Ich wurde ins Urbankrankenhaus gebracht und unter Polizeischutz in ein Zimmer verbracht, aus dem ich aus Angst Du könntest meine Kinder holen, flüchtete.

Ich suchte sofort einen Anwalt auf, der aufgrund meines Zustandes und meiner Verletzungen einen Strafantrag wegen versuchtem Totschlag gegen Dich stelle. Dieser wurde leider späterhin wegen „ Nichtbestehens öffentlichen Interesses" von der Staatsanwaltschaft niedergelegt. Es gab keine rechtliche Grundlage für Misshandlungen in der Ehe, was zum Glück heute anders ist!!!!!

Sascha und Andi kamen in eine Tagespflegestelle, wo ich sie schnellstens wieder rausgeholt habe. Bis sich die Situation geklärt hatte, wollte ich mich mit den Kindern bei Wolfgang und Angelika Heyde verstecken. Doch auch da hast Du mich aufgespürt! Eine ganze Nacht lang hattest Du auf dem Dachboden verbracht und gewartet bis Wolfgang zur Arbeit ging. Dann hast Du Angelika und ihre Kinder bedroht, so dass mir nichts weiter übrig blieb, als mit Dir mit zu gehen.

Ich suchte verzweifelt nach einem Ausweg, doch Du hast mich ständig bewacht, so dass ich nicht flüchten konnte! Selbst auf das Sozialamt hast Du mich begleitet, denn inzwischen hatten wir beide keine Arbeit mehr.

Eines Tages, Andreas war sehr unruhig und quengelig, so das ich ihn hingelegt habe, hat Dich das Weinen des kleinen Kerles so genervt, das Du versucht hast ihn zur Ruhe zu bringen indem Du ihm ein Kissen auf das Gesicht gedrückt hast bis er keine Luft mehr bekam.

Erst als ich schrie „das Kind ist Tot", hast Du von ihm abgelassen, bist mit mir im Würgegriff zur Tür raus und hast Dich davor postiert, damit ich nicht zu ihm konnte um ihn zu trösten.

Ich nahm meinen ganzen Mut zusammen, riss mich von Dir los, lief in die Küche, griff das Beil, welches unter der Spüle lag und schlug damit nach Dir! Das hat Dich so schockiert, dass Du fluchtartig die Wohnung verlassen hast und ich selbst mit Andi die Flucht ergreifen konnte.

Ohne Bekleidung für mich und die Kinder, nur mit dem was wir am Körper hatten, verließ ich die Wohnung und verkroch mich bei Angelikas Schwester Rosi und Familie.

Sascha konnte ich kurzfristig zur Kur anmelden und schicken, aber Andi war noch zu klein.

Wie ich erfuhr, wolltest Du mir Sascha wegnehmen, denn Deine Eltern wollten ihn an Kindes statt annehmen und adoptieren. Dazu war euch jedes Mittel recht!

Ihr habt meine alten Babyhemdchen, die ich als Putzlappen benutze habe, in die Badewanne gelegt, Wasser einlaufen lassen. das so lange stehen lassen, bis das Wasser brackig war und gestunken hat. Dann habt ihr das Foto, das Du vor den Einschlag mit der Axt an der Kinderzimmertür befestigt hattest, abgenommen und einer von euch hat die Axt so gehalten, das man nur einen Arm sehen konnte der einen scheinbaren Schlag auf die Tür ausführt.

Damit seid ihr zum Jugendamt gegangen und habt versucht glaubhaft zu machen, dass ich meine Kinder vernachlässige und sie in meiner Obhut verwahrlosen! Leider war ich regelmäßig mit beiden Jungs bei der Jugendführsorge in Betreuung und so war euer Vorhaben nicht von Erfolg gekrönt.

Vom Jugendamt habe ich dann auch erfahren das der „Bastard" wie Deine Eltern Andi zu nennen pflegten, in die Schweiz zur Adoption sollte und Sascha wie schon gesagt, von Deinen Eltern adoptiert werden sollte.

Deine Eltern haben dafür gesorgt, dass Du eine eigene Wohnung bekommst, so dass ich mit Sascha und Andi in unsere Wohnung zurück konnte.

Ich dachte jetzt kehrt endlich Ruhe ein, aber damit hatte ich weit gefehlt! Du warst so irre, dass Du, um an mich und die Kinder zu kommen, wahrhaftige Drahtseilakte vollführt hast. Dein bester war, weil ich mich weigerte Dir die Wohnungstür zu öffnen und es einen richterlichen Beschluss gab, das Du Dich den Kindern und mir nicht mehr, als auf 10 Meter nähern durftest, Dich mit einem Seil gesichert, an der Regenrinne vom Dach aus, auf unseren Balkon zu klettern, rutschen, wie immer Du es auch nennen willst.

Schade dass ich damals so feige war, würde mir das heute passieren, hätte ich Dich ohne mit der Wimper zu zucken vom Balkon gestürzt! Heute würdest Du weder die Kinder noch mich schlagen dürfen, ich würde Dich umbringen, das kannst Du wissen. Ich dürfte Dir auch nicht begegnen, ich würde Dir ins Gesicht speien, denn Du bist kein Mensch sondern ein Monster!

Nach längerem Zureden und dem Versprechen mich mit Dir zu treffen, hast Du dann die Wohnung friedlich verlassen. Doch das dicke Ende kam erst noch!
Du und Deine Eltern haben darauf bestanden das Mobiliar der Wohnung aufzuteilen, denn die Scheidung hatte ich bereits eingereicht. Das sah folgender Maßen aus:
Du hast das komplette Wohnzimmer mitgenommen, das Kinderzimmer an die Kneipenwirtin an der Ecke verkauft, die Kühlgefrierkombi mitgenommen und fast alles was an Geschirr und Besteck da war.
Da Deine Eltern nicht wissen durften das Du Dich wieder in meiner Nähe herumgetrieben und Kontaktiert hast, musste ich die Wohnung verlassen, damit ihr in Ruhe alles ausräumen konntet.
Doch dem nicht genug, hast Du mich weiterhin bedroht, geschlagen und Verfolgt, so dass ich erneut mit den Kindern die Flucht ergriffen habe.

Bei meiner Freundin Conny hattest Du mich inzwischen auch wieder aufgespürt und sie und ihre Mutter so massiv bedroht, dass ich auch dort flüchten musste um die beiden nicht weiterhin zu gefährden! Meine nächste Station war eine abrissreife Wohnung möbliert im schönen Wedding.

Als ich eines Tages so im November, oder Dezember rum, mit den Kindern von einem Spaziergang zurückkam, sah ich vom Hof aus, das Licht in dieser Wohnung war und ein riesiger Schatten auf und ab spazierte. Also hattest Du mich wieder einmal ausfindig gemacht und ich musste erneut die Flucht ergreifen.

Ich sollte vom Amt aus mit den Jungs in ein Obdachlosenasyl, was ich jedoch im Interesse der Kinder verweigerte. Der letzte

*Schritt war, Sascha und Andi im Hauptkinderheim unterzu-
bringen, denn es war zu kalt um mit den beiden auf der Straße
zu verweilen, was ich dann auch schweren Herzens tat.*

*Ich suchte mir innerhalb von einer Woche eine Wohnung in
Schöneberg (Ebersstraße 34) und konnte diese mit Hilfe des
Sozialamtes Wedding, notdürftig einrichten. Diese sollte ich
zum 01.01.1976 beziehen und dann die Jungs aus dem Heim
endlich nach hause holen.*

*Ach, was ich vergessen habe zu erwähnen, meine Flucht er-
streckte sich zwischendurch sogar bis nach Norwegen zu meinen ehemaligen Gasteltern, wo wir leider, weil diese schon
sehr betagt waren, nicht bleiben konnten. Darum die Unterbringung der Jungs im Heim!*

*Ich verkroch mich bei meinen Eltern, wo ich die Zeit des Ein-
zuges abwarten wollte.*
*Du hattest Dich inzwischen nicht nur mit zwei von meinen
besten Freundinnen sexuell vergnügt, sondern auch noch die
neue Hauswartin aus der Lichtenrader Straße vernascht.
Guter Junge!!!! Aber das hat Dir auch nicht gereicht.*

*Einen Tag vor Heilig Abend, ich sollte für meine Mutter noch
Kerzen bei Woolworth in der Hermannstraße kaufen, hast Du
mir auf der Straße aufgelauert. Trotz heftiger Gegenwehr und
verzweifelter Hilferufe konntest Du mich wegschleppen und
erneut in der Wohnung Lichtenrader Straße einsperren. Ich
durfte noch nicht einmal allein auf die Toilette gehen um
meine Notdurft zu verrichten, Du warst immer dabei!*
*Aber nach ca. 2 Wochen bist Du leichtsinnig geworden und
hast, als Du Dich geduscht hast, die Badezimmertür zu gemacht. Ich nutzte das zu einer sofortigen Flucht.*
*Du hast Dich sicherlich damals gefragt, wie ich das bewerk-
stelligen konnte, obwohl die Wohnungstür abgeschlossen war
und nur Du einen Schlüssel hattest. Das kann ich Dir sagen:*

Aus irgendeinem unerfindlichen Grund habe ich damals als es noch nicht so schlimm war, einen einzelnen Wohnungsschlüssel in eine Ritze, zwischen Spüle und Küchenschrank versteckt!!!! Das war mein Glück, denn ich weiß nicht was mir sonst noch passiert wäre. Zitternd klaubte ich den Schlüssel heraus und schloss die Tür auf. Wie Du ja noch wissen wirst, habe ich dieselbe nicht einmal zugemacht, damit Du durch das Klappen nicht aufmerksam wirst und letztendlich meine Flucht noch vereitelst.

Ich weiß nicht mehr, wohin ich damals gegangen bin, aber ich glaube zu meinen Eltern um meine Schlüssel für die neue Wohnung zu holen.

Am 6. Januar war alles so komplett, das ich die Jungs aus dem Heim holen konnte. Was ich aber nicht wusste war, dass Du inzwischen eine Rechnung wegen der Heimunterbringung erhalten hast und dem zur Folge den Aufenthaltsort der beiden wusstest. Dies hast Du Dir zunutze gemacht und bist dorthin, um durch einen Trick von der Sozialarbeiterin in Erfahrung zu bringen, wo ich wohnte. Du hast ihr erzählt, das ich die Wohnung die ihr bekannt war gar nicht bezogen habe, sondern in der Halberstätherstraße in Halensee wohne und Dich beauftragt habe die Jungs abzuholen, weil ich noch mit der Herrichtung von Saschas Geburtstag beschäftigt sei. Die gute war so perplex das sie sagte: „Was Frau Vogt wohnt gar nicht in der Ebersstraße 34?" und schon war es geschehen. Als ich die Kinder abholen wollte wurde mir dies mitgeteilt, doch ich wollte die Jungs nicht enttäuschen, denn ich hatte ihnen versprochen dass wir Saschas Geburtstag in unserer neuen Wohnung feiern und sie nicht mehr im Heim bleiben brauchen.

Ich habe gehofft, dass Du mit nur der Straße nicht viel anfangen kannst, aber da habe ich wohl Deinen Erfindungsreichtum total unterschätzt!

Am Abend des 6. Januar standest Du plötzlich vor der Tür und begehrtest Einlass. Ich musste öffnen, denn meine Freundin

Gela musste nachhause und ich hatte noch kein Telefon um Hilfe herbei zu holen.
Das Drama ging von vorne los! Prügel, Angst um das Leben meiner Kinder und keine Rettung in Aussicht!

Sascha hast Du einmal, weil er auf den Gummibesatz Deiner neuen Turnschuhe getreten ist, das zwischenzeitlich angeschaffte Telefon so gegen den Kopf geschlagen, das ihm das Blut aus den Ohren lief.
Andi hast Du zu Ostern so geschlagen, das er aus seinem Hochstuhl gegen den Ofen geflogen ist, mich hast Du mit einer Pistole bedroht und drohtest mich zu erschießen wenn ich nicht spure, und so könnte ich die Liste weiter führen.

Ich habe Dich wegen Kindesmisshandlung und illegalem Waffenbesitz angezeigt, mich an das Jugendamt gewendet und so weiter und so weiter, aber alles ohne Erfolg! Verurteilt wurdest Du in erster Linie wegen illegalem Waffenbesitz zu 1200 DM Geldstrafe und wegen Kindesmisshandlung zu 300 DM Geldstrafe.

Mir wurde ständig gesagt ich muss die Kinder vor Dir schützen sonst werde ich wegen unterlassener Hilfeleistung angezeigt, aber geholfen hat mir keiner!

Das letzte Kapitel war die Sache mit Sascha und dem Telefon. Damit ich Dir nicht wieder abhauen kann, durfte ich an diesem Tag nur mit Sascha in den Zirkus gehen. Andi hast Du bei Dir behalten.
Damit Du keinen Verdacht schöpfst, bin ich mit Sascha gegangen, aber nicht in den Zirkus sondern erst einmal wegen der Verletzung in das nächste Krankenhaus.
Zum Glück hatte er keinen Schädelbruch. Zum Glück für mein Kind, zum Glück für Dich, denn dann hättest Du vom Krankenhaus eine Anzeige wegen Kindesmisshandlung bekommen

24

und das wäre nicht so glimpflich für Dich ausgegangen wie bei meiner Anzeige.

Ich war verzweifelt, denn ich musste noch ganze drei Tage warten, denn es war Freitagabend und kein Jugendamt mehr zu erreichen. Diese Tage waren die Hölle für mich, denn ich wollte Andi in Sicherheit wissen!
Am Montag endlich war es soweit, mit Hilfe der Polizei habe ich Andi bei Dir rausgeholt.
Du hast Dich zwischenzeitlich an meine Freundin Karin herangemacht. Auch die ist auf Deine Masche hereingefallen, obwohl sie wusste aber wahrscheinlich nicht glaubte was ich mit Dir erlebt habe! Trotzdem ging es noch kurzzeitig weiter mit Dir.
Das Ende fand es erst, als ich den Vater meiner Tochter traf und der mich mit auf sein Schiff nahm um mich aus Deiner Schusslinie zu bringen.

Zu guter Letzt möchte ich Dir noch in Erinnerung bringen das Du mir den sexuellen Missbrauch an meiner Schwester bestätigt hast und das ich ein drittes Kind von Dir dann doch zum Wohle des Kindes habe Adoptieren lassen. Kannst Du Dich erinnern?
Du hast mich einen Tag nach der Geburt von Patrik als faule Sau, die sich lange genug im Krankenhaus ausgeruht hat beschimpft und zu guter Letzt, wenn ich den Balg mit nach hause bringe, bringst Du ihn um!

Was ich Dir noch sagen wollte, Du schuldest Deinen Söhnen immer noch Unterhalt! Es besteht ein Titel, der die beiden berechtigt, diesen jederzeit vollstrecken zu lassen!!!!!!
Du hast Dich gesund gestoßen und ein fremdes Kind, denn das war Kai-Uwe, besser als Deine eigenen behandelt.
Du hast auch Karin betrogen und sogar gewürgt, soweit ich weiß. Das obwohl sie Dir mit Sicherheit eine gute Frau war und immer noch ist.

Michael, begleiche Deine Schuld Deinen Söhnen gegenüber, denn das ist das Mindeste was Du tun kannst, nachdem Du ihre Kindheit zerstört hast! Und entschuldige Dich bei meiner Schwester, denn die hat das Erlebnis mit Dir bis heute nicht verarbeitet!

Aus Deinen Söhnen ist Gott sei Dank etwas geworden! Sascha hat einen Sohn der ausschaut wie er, als er klein war und Andi hat eine Tochter.
Sascha hat die Hausverwaltung meiner Eltern übernommen und Andi hat erfolgreich eine Lehre als Koch absolviert.
Ich selbst habe einen Mann gefunden, der mich die Schmach und die Pein, die ich durch Dich erlitten habe, nicht vergessen aber ertragen lässt.

Ich denke daran, meine Lebensgeschichte veröffentlichen zu lassen, vielleicht ist das ein Schritt zur Vergangenheitsbewältigung.

Eine Seele kann verarbeiten aber sie kann niemals vergessen!

Die Tütensuppe

In der Zeit zwischen meiner Entlassung aus dem Heim und der erneuten Unterbringung zuhause, habe ich dann Michael, den Vater meiner Söhne kennen gelernt. Er war der erste Junge mit dem ich Geschlechtsverkehr hatte und auch noch sofort schwanger wurde. Meine Mutter war nicht gerade glücklich darüber, denn ich hatte einem Kind NICHTS zu bieten.

Michael war zu diesem Zeitpunkt gerade wegen Körperverletzung im Jugendgefängnis und von einem Ausgang nicht dorthin zurückgekehrt. Eigentlich machte er mir Angst, denn er war ein Hüne von einem Mann! Ich mit meinen 1,60 Metern konnte bequem unter seinen ausgestreckten Armen hindurch laufen; er war 1,90Meter groß!
Er war aber nett und ich habe sein Werben um mich sehr genossen. Wir redeten sofort von einer gemeinsamen Zukunft; von einem eigenen Haus, Kindern, Tieren und einem großen Garten. Über die Schwangerschaft haben wir uns beide sehr gefreut.

Doch mein Glück währte nicht lange. Michael war extrem eifersüchtig. Ich durfte nicht einmal mit seinem besten Freund reden ohne das es gehörigen Ärger gab. Nach weniger als sechs Wochen hat er mich das erste Mal verprügelt. Ich hatte eine Tütensuppe versalzen weil ich zu wenig Wasser genommen habe. Aber ich konnte doch nicht kochen und wusste mit den Maßen auch nicht so bescheid! Es blieb nicht bei diesem einen Mal!

Meiner Mutter habe ich immer etwas von Schwächeanfällen erzählt die mit Stürzen einhergingen. Sie hätte mir ohnehin nicht helfen können, denn sie hatte mich rausgeworfen weil mein Stiefvater mich nicht in seinem Umfeld haben wollte. Ich war sozusagen obdachlos und auf Trebe, wie es so schön im Berliner Jargon hieß.

Michael selbst hat nach seinen unkontrollierten Wutanfällen immer geweint wie ein kleines Kind und mir hoch und heilig geschworen, dass das nie wieder vorkommt. Ich habe ihm geglaubt, denn ich wollte eine intakte Familie haben und mein Kind sollte nicht mit einem Stiefvater aufwachsen der es nicht liebt.

Es ging uns nicht gut. Keine Arbeit, Angst vor der Polizei und Hunger! Manchmal sind wir nachts losgezogen und haben an den Krankenhäusern vor der Küche Milchschläuche geklaut oder anderes was dort so stand. Einmal war es sogar so schlimm, dass Michael einen Juwelier aufbrechen wollte und ich musste "Schmiere" stehen, damit uns keiner erwischt. Zum Glück hat es nicht geklappt, denn er war in diesen Dingen, Gott sei dank, kein Profi.
An seine Eltern konnten wir uns nicht wenden, denn sie wussten zum einen nicht, dass er auf der Flucht war und zum anderen waren sie gut situiert. Sie hatten eine gut gehende Fahrschule und sein Vater war in Neukölln und Britz wohl bekannt.

Doch es kam wie es kommen musste, eines Tages haben sie ihn gekriegt und er musste seine Reststrafe verbüßen. Mir hat er erzählt, er hätte einen Jungen zusammen geschlagen weil dieser seine Mutter beleidigt hat. Ob das die Wahrheit war habe ich nie herausgefunden.
Seine Mutter war eine von und zu und hat es wohl nie so richtig verkraftet das sie "nur" einen Arbeiter geheiratet hat. Ich wusste nun gar nicht mehr wohin und habe meine Mutter so lange bekniet mich aufzunehmen bis sie es schlussendlich dann auch tat.

Die erste Wohnung

Mutter hat mich aufgenommen und ich habe mir sofort eine Arbeit gesucht. Eigentlich wollte ich immer gerne Kinderkrankenschwester werden, doch mit meinem Schulabschluss aus der achten Klasse war das nicht möglich. Ich hätte weiter zur Schule gehen können, doch mein Vater war der Meinung, ich hätte meine Beine lange genug unter seinen Tisch gehalten ich muss jetzt Geld nach Hause bringen wenn ich essen und trinken will.

Ungelernt und Schwanger, eine tolle Kombination um einen Job zu finden! Trotz allem hat mich eine Großkette von Brotläden eingestellt. Ich war nun also eine Verkäuferin. Leider nicht lange, denn als der Filialleiter von seiner Frau erfahren hat das ich ein Kind erwarte hat er mir sofort gekündigt.

Kurz darauf bekam ich Blutungen. Das machte mir echt Angst, denn ich wusste nicht was das zu bedeuten hat. Meine Mutter beruhigte mich und sagte dass es ganz normal sei. Nur die Mutter meiner Freundin Angelika war ehrlich genug mir zu erklären das ich wahrscheinlich mein Kind verlieren würde. Ich habe sofort bei meiner anderen Freundin Gela angerufen und gefragt ob sie mich zum Krankenhaus begleitet.

In der Frauenklinik am Mariendorfer Weg ging man nicht gerade sanft mit mir um. Die Untersuchung war sehr schmerzhaft und die Blutungen wurden stärker. Ich weigerte mich dort stationär aufgenommen zu werden, denn dieses Krankenhaus hatte den Ruf einer Schlachtbank und der Arzt hat mich allen Ernstes verdächtigt" an mir rumgefummelt zu haben damit das Kind abgeht" so seine eignen Worte. Daraufhin hat man mich mehr oder weniger rausgeworfen. Man hat mir nicht einmal einen Krankenwagen gerufen geschweige denn eine Vorlage gegeben damit mir das Blut nicht weiter die Beine runter lief!

Blutend bin ich mit Gela per Bus in das Wenkebach Krankenhaus nach Tempelhof gefahren. Doch auch dort hat man einen
eigenmächtigen Schwangerschaftsabbruch vermutet und zu
Gela gesagt, wenn das der Fall sei, so möchte sie es sagen,
denn dann würde man die Schwangerschaft sofort beenden.
Gela hat den Ärzten nahe gelegt alles zu tun, damit ich das
Kind nicht verliere, denn es sei ein Wunschkind was ich unter
dem Herzen Trage. Ich war erlöst als man mich auf Station
brachte und mir strengste Bettruhe verordnet hat. Zum ersten
Mal nach langer Zeit konnte ich entspannt einschlafen und
brauchte keine Angst zu haben was aus mir und meinem Kind
wird. Diese Ruhe und sich um nichts Sorgen zu machen hat
mir sehr gut getan und mir neue Kraft gegeben. Nun lohnte es
sich wieder für mich zu leben und an das Gute im Menschen
zu glauben. Ich war siebzehn und wusste eigentlich nichts
weiter, als das ich jedem zur Last fiel und nirgends wirklich
hingehörte.

Michael war zwischenzeitlich entlassen worden. Wir suchten
uns eine kleine Einzimmerwohnung in Kreuzberg auf einem
Hinterhof im vierten Stock. Keine schöne Gegend, aber die
Wohnung musste ja bezahlbar sein!

Michael hat Arbeit in Spandau auf dem Rangierbahnhof der
Reichsbahn bekommen und hat im Schichtdienst gearbeitet.
Ich selbst habe als Aushilfe noch kurz vor dem Wochenschutz
als Bäckereiverkäuferin gearbeitet damit ich wenigstens Versichert war und mein Kind nicht zuhause bekommen musste.
Mein erster Sohn Sascha kam eine Woche zu früh auf die Welt
und nun nahm das Unheil wieder seinen Lauf!

Ich hatte eine kurze Zeit ohne Schläge, die mich an den guten
Verlauf meiner Beziehung zu Michael hoffen ließ. Doch die
Ruhe war trügerisch, wie eine Ruhe vor dem Sturm! Jetzt ging
die Hölle erst richtig los.
Angst, Fluchtgedanken und kein Ende in Aussicht.

Mein erster Sohn

Die Geburt meines ersten Sohnes hat nur achtzig Minuten gedauert. Man hat ihn mir gezeigt und sofort weg gebracht. Zum damaligen Zeitpunkt(1972) war es noch nicht üblich, die Babys zu den Müttern auf die Zimmer zu legen.

Am ersten Tag bekam ich mein Kind auch nicht zu Gesicht. Am zweiten Tag brachte man Sascha zwei Mal für dreißig Minuten. Ich habe einen großen Schreck bekommen, denn ich konnte keine Muttergefühle spüren. Verzweiflung packte mich. War ich unfähig Liebe für mein eigen Fleisch und Blut zu empfinden? Lag es daran, dass Michael mich so gequält und gedemütigt hatte? Ich wusste es nicht. Ich traute mich auch nicht die Schwestern oder die anderen Frauen im Zimmer zu fragen, ob das normal ist, weil ich mich unsagbar geschämt habe nicht so für mein Kind empfinden zu können wie ich es mir von meiner Mutter gewünscht habe
Die Panik schlug am dritten Tag in Erleichterung um, denn endlich verspürte ich ein wohliges Gefühl wenn ich an meinen Sohn dachte und konnte es kaum erwarten ihn bei mir zu haben.

Endlich ging es nach Hause. Ich freute mich darauf Tag und Nacht mit meinem Kind zusammen zu sein. Sascha war ein ganz schöner Wonneproppen; trotzdem hatte ich ständig Angst etwas falsch zu machen, oder die Nahrung die ich ihm gab könnte nicht ausreichen. Leider konnte ich nicht stillen, denn ich hatte eine sehr große Brust mit Hohlwarzen und wenig Milch. Ständig dachte ich er würde verhungern und so schnitt ich ein großes Loch in den Nuckel und machte die Nahrung dementsprechend dicker.

Mit Michael und dem Kind war es nicht so einfach. Er fühlte sich in seiner Ruhe durch Sascha, sein weinen wenn er Hunger hatte, so gestört, das er den kleinen Kerl einmal kräftig auf den Po schlug und drohte ihn unter kalt Wasser und dann an den Beinen aus dem Fenster zu halten, wenn er nicht aufhört zu plärren, wie er es bezeichnete.

Ich nahm den kleinen und wanderte Fläschchengebend den langen Flur auf und ab, damit wir nicht im Gesichtsfeld von Michael erschienen. Ich hatte solche Angst dass er gleich ausflippt und uns beide Maß nimmt. Ich wusste wozu er fähig war, denn als ich einmal nicht so spurte wie er es wollte, hat er versucht mich mit einem Klappmesser zu malträtieren.

> *Fragt nicht warum ich ihn nicht verlassen habe, ich weiß es nicht! Diese Frage habe ich mir unzählige Male gestellt und keine Antwort gefunden. Meine Therapeutin glaubt dass ich große Ängste hatte verlassen zu werden weil ich als Kind so oft hin und her geschoben wurde. Mag sein, denn ich klammere an meinen Kindern noch immer sehr stark, was für diese auch eine große Belastung ist.* <

Ich versuchte, wenn Michael arbeiten war, verzweifelt eine Wohnung zu finden. Da ich ohne Arbeit und Kindergartenplatz war, war dies nicht von Erfolg gekrönt. Der letzte Ausweg war unsere Vermieterin Frau S. zu fragen ob sie nicht in einem ihrer anderen Häuser eine Wohnung für mich und mein Kind hat. Sie sagte mir eine Wohnung zu, doch sollte ich erst etwas für sie tun. Sie wollte die Lokalität mit den Paradiesvögeln aus unserem Haus loswerden, hatte jedoch keine rechtliche Handhabe gegen die Betreiber. Ich sollte also spionieren was sich dort alles so ereignet und weshalb ständig neue Gäste kommen und gehen.

Es war ein Club für gleichgeschlechtliche Paare und Transvestiten.

Glücklich darüber Hilfe zu bekommen, willigte ich ein.

Wenn Michael zum Nachtdienst ging und Sascha selig in seinem Bettchen schlief, gingen meine Freundin Gela und ich in das „Mr.X". Wir mussten klingeln, denn dieses Etablissement war nicht jedem zugänglich.

Erstaunt stellte ich fest, dass dort Männer in Frauenkleidern und Frauen wie Männer aussehend anwesend waren. Und was für eine ausgelassene Stimmung dort herrschte.

Das Männlein mit Männlein und Weiblein mit Weiblein sich dort miteinander amüsierten war mir durch meine Heimzeit nicht unbekannt. Letztendlich hatte ich auch schon einmal eine ähnliche Erfahrung in einem Heim der Heilsarmee gemacht, als mich ein weiblicher Kapitän sexuell berührte und es damit begründet hat, dass man das so mit Kindern von Amihuren macht. Die hätten allen zu Willen zu sein!

Gela und ich haben uns im „Mr.X" sehr wohl gefühlt. Wir konnten Tanzen und Lachen, einmal die Angst und den Stress vergessen und trotzdem mein Kind nicht vernachlässigen.

Wenn ich nun gedacht habe, ich hätte die Chance eine eigene Wohnung zu bekommen, dann war ich schief gewickelt! Da ich nichts berichten konnte, was zu einer Kündigung des „Mr. X" hätte führen können, sollte ich nun in Betracht ziehen, mit dem Sohn von Frau S. eine Beziehung einzugehen. Der war ein derartiges Muttersöhnchen, das er keine Freundin fand. Dies musste ich jedoch dankend ablehnen, denn ich hatte erst mal von Männern die Nase voll.

Das „Mr.X" war zu einem festen Bestandteil meines Lebens geworden. Alle drei Wochen war der Freitag Gela und mir gewidmet.

Es kam jedoch wie es kommen musste. Michael hatte einen Unfall und kam früher als erwartet nach Hause. Als ich zwischendurch nach Sascha schaute war das Unglück perfekt. In meiner Angst erzählte ich ihm von dem Anliegen unserer Vermieterin und das der Lohn für diese Schnüffelei eine größere Wohnung für uns drei ist. Michael bestand natürlich darauf mitzukommen. Er wollte sich davon überzeugen, das ich dort nur mit Gela war und nicht mit irgend einem anderen Mann. Tja, nun mussten wir immer zu dritt hingehen und somit war der Spaß vorbei. Vorbei im wahrsten Sinne des Wortes, denn mein Mann stellte fest, dass die Damen gefallen an mir gefunden hatten und ich dort sehr beliebt war. Nun wollte er, dass ich mit einer von denen ins Bett ging und er wollte dabei zusehen.

Panikartig verließ ich das Mr. X und rannte die Straße hinunter in Richtung Hermannplatz. Plötzlich packte mich ein harter Griff im Genick und stieß mich zu Boden. Er schrie mich an, dass ich durch mein Verhalten dafür gesorgt hätte, das er sein Gesicht verliert und das könnte er mir nicht durchgehen lassen. Erst trat er nach mir und als ich versuchte auf allen vieren davon zu krabbeln um aufzustehen schlug er immer wieder zu so das ich blutüberströmt liegen blieb der Dinge harrend die da noch kommen würden. Er schleifte mich hinter sich her und die Treppen hinauf in die Wohnung. Ich verhielt mich ruhig, damit mein kleiner Sascha nicht aufwachte und ebenfalls Schläge bekommt.

Am nächsten Tag musste Michael nach Schöneberg zum Reichsbahnarzt und so nutze ich die Gelegenheit einige Sachen zu greifen und mit meinem Kind aus der Wohnung zu flüchten. So angeschlagen kam ich bei meiner Mutter an. Ich erzählte ihr was vorgefallen war und dass Michael meinen Sohn auch immer wieder grob anfasste. Mutter hat mir versprochen mir zu helfen auch wenn mein Stiefvater dagegen war. So kam ich zu meiner ersten Wohnung die ich nur mit meinem Kind bewohnte.

Wenigstens zunächst.

Todesangst

Es war eine gute Zeit ohne Michael. Ich hatte eine Arbeit in einem Kindergarten gefunden und ich konnte Sascha mitnehmen!
Die Eltern von Michael haben dafür gesorgt, dass er uns auch in Ruhe lässt und so wich ganz allmählich die Angst der Lebensfreude.
Sascha entwickelte sich gut.

Wir mussten jeden morgen um 3 Uhr aufstehen damit wir um 4 Uhr den Bus kriegten und um 7 Uhr auf der Arbeit waren.
Langsam fragte ich mich, was ich von meinem Kind und den Tag noch habe. Meine Arbeitszeit war von 7-16 Uhr und bis wir zuhause waren, war es schon wieder so spät, das wir nur noch essen konnten und dann ist Bett gingen damit ich nicht verschlief.
Das hat mir nicht gefallen! Ich suchte fieberhaft nach einem neuen Job und fand diesen bei „Butter Lindner" auf dem Wochenmarkt.

> Ich weiß gar nicht mehr wo Sascha, in der Zeit als ich dort arbeitete, untergebracht war?!?
Merkwürdig, ich vergesse immer öfter Dinge aus meiner Vergangenheit <

35

Oh Gott, ich war schon wieder schwanger!
Nein, ich habe es nicht bemerkt. Ich hatte meine Regel immer gehabt. Wie konnte das passieren? Es fiel mir wie Schuppen von den Augen! Zeitlich würde es genau hinkommen, Michael hatte es wieder einmal geschafft mich aufzuspüren. Meine Freundin Gela wohnte nur einige Straßen weiter und ich habe sie öfter besucht. Als wir wieder einmal beisammen saßen hat es an ihrer Tür geklingelt. Gela öffnete und da stand Michael und fragte ob er reinkommen kann, er müsste ganz dringend mit ihr reden. Ohne auf eine Antwort abzuwarten startete er gleich durch ins Wohnzimmer. Ich war vor Angst wie gelähmt und rührte mich nicht vom fleck als er sich neben mich setzte. Er forderte Gela auf uns kurz allein zu lassen, er müsste mit mir reden. Angeblich ging es um Sascha denn ich hatte mich geweigert meinen Sohn zu seinen Eltern zu geben damit er sein Kind sehen könnte.

Er fing an mich auszuziehen, nahm mich auf den Arm und trug mich ins Schlafzimmer. Krampfhaft überlegte ich was ich tun könnte um ihn davon abzuhalten in mich einzudringen, doch nicht nur mein Körper war willenlos, sondern auch meine Gedanken. Panik erfasste mich. Was tat ich wenn er wieder auf mich einschlug wie schon so oft? ... Tot stellen, das war die Lösung! Alles über mich ergehen lassen, es würde schon gut gehen! ...
Ich musste ihm versprechen nichts seinen Eltern zu sagen:" Du weißt ja was dann passiert!"
Ich habe danach eine Zeit lang nichts von ihm gehört. Nur Gela hatte regelmäßig Kontakt zu ihm. Ich glaube die beiden hatten was miteinander.

Als er erfuhr dass ich ein Kind erwartete kam er und bettelte ihm noch eine Chance zu geben. Schließlich brauchen die Kinder doch einen Vater und er hätte sich geändert, da könnte ich seine Eltern fragen.

> *In meinem Kopf ist momentan so ein durcheinander das ich nicht mal weiß, ob ich zeitlich alles richtig erzähle. Ich schreibe einfach alles was mir jetzt so einfällt.* <

Er, Michael, hatte Geburtstag und ich habe alles vorbereitet, denn unsere Eltern wollten kommen um sich endlich kennen zu lernen.

Mein Gott, ich hatte den Senf für die Würstchen vergessen!

Ich glaube es war ein Sonntag, denn ich erinnere mich, dass ich überlegt hatte wo ich jetzt Senf herbekommen könnte. Na klar, „Jonnys Imbiss" am S-Bahnhof Herrmannstraße!! Michael musste mich unbedingt begleiten, wer weiß warum!

Jonny gab mir natürlich auf einem Pappteller ein wenig Senf und lächelte mich dabei freundlich an. Auf dem weg nach hause fragte mich Michael, was das da zwischen Jonny und mir war. Seiner Meinung nach habe ich mit ihm geflirtet.

Ohne Vorwarnung schlug er auf mich ein. Es kamen Menschen aus dem Bahnhof, doch niemand half mir! Er zwang mich, mich an die Litfasssäule zu stellen, damit ich durch die Wucht der Schläge nicht umfalle. Ich stand auf einem kleinen Stück Boden und rutschte immer weiter die Säule entlang um seinen Schlägen zu entgehen. Hinter der Litfasssäule klaffte ein tiefes Loch, denn die Brücke über den Bahnhof war abgerissen worden und sollte neu gebaut werden. Eine Fußlänge hatte ich Platz; ein Tritt daneben und ich würde in die Tiefe stürzen. Meine Angst war so groß, das ich einnässte.

Egal wie weit ich auch rutschte, ich entkam ihm nicht!

Ausgetobt, trat er den Heimweg an. Ich wartete bis er auf der Behelfsbrücke war und tastete mich dann langsam zurück. Meine Beine haben gezittert und ich konnte die Tränen nicht mehr zurück halten.

Warum hatte niemand die Polizei gerufen?

Als ich wieder in der Wohnung war, nahm ich meinen ganzen Mut zusammen und erzählte aufgelöst was gerade mit mir passiert war.

Michaels Mutter schlug mit einer Katzenleine nach ihm und er floh Hals über Kopf aus der Wohnung. Meine Mutter war so aufgewühlt das sie die Eltern von Michael aufforderte ihn zu suchen und zur Rechenschaft zu ziehen. Ohne weitere Worte verließ sie die Wohnung.

Als sie nach ca. 30 Minuten zurückkam, sah sie genauso demoliert aus wie ich! Sie hatte ihn gefunden und ihn zur Rede gestellt.

So klein wie meine Mutter auch war, schlug sie auf ihn ein! Der holte aus, schlug ihr mit der Faust ins Gesicht, Mutter schlug mit dem Kinn auf dem Boden auf.

Als sie hoch kam rannte sie aus dem Hausflur, dabei stellte sie fest, dass ihr das Blut über das Gesicht und aus dem Mund lief. Er hatte ihr vier Zähne ausgeschlagen!

Mutter ging zurück in den Hausflur und suchte ihre Zähne. Zwei hat sie gefunden, die anderen beiden steckten in ihren Unterkiefer quer, was man später im Krankenhaus beim Röntgen festgestellt hatte.

Von diesem Tag an war mir der Hass meines Stiefvaters gewiss. Ich durfte nicht mehr nach Hause kommen und niemand durfte meinen Namen in den Mund nehmen. Ich war für ihn gestorben! Was hatte ich getan, hätte ich doch bloß meinen Mund gehalten dann wäre das nicht passiert!!

> *Bitte, ich muss jetzt aufhören zu schreiben. Mein Körper zittert und mir ist eiskalt!* <

Zur Adoption gezwungen

> Es geht mir beim Schreiben nicht so gut. Erinnerungen die längst tief in meinem Hirn vergraben waren drängen nach außen. Sie wollen erzählt werden; doch ist es wirklich so gut darüber zu schreiben? Angst wird wieder lebendig und die Gedanken purzeln durcheinander! Wie soll ich meinen Kindern jemals klar machen was geschehen ist und warum ich unfähig war unter dieses Desaster einen Schlussstrich zu ziehen? Wo stehe ich heute? Kann ich die Vergangenheit bewältigen? Meine Seele ist krank und will nicht genesen; manchmal Todessehnsucht.

ICH HABE ALS MUTTER VERSAGT!

Können mir meine Kinder jemals verzeihen? Können meine Kinder Achtung vor mir haben, können sie mich respektieren können sie mich überhaupt lieben? <

RAT SUCHT MAN NUR, WEIL MAN DIE LÖSUNG BEREITS KENNT JEDOCH NICHTS VON IHR WISSEN WILL!

Zu Michaels Eltern hatte ich keinen weiteren Kontakt. Er selbst traute sich nicht mehr in seine Wohnung weil er Repressalien befürchtete. Ohne Arbeit konnte er seine Wohnung nicht halten und seine Eltern würden ihm wohl kein Geld mehr geben!

Einige Wochen war Ruhe und ich habe ihn nicht zu Gesicht bekommen. Er hatte sich bei Michaela und Jürgen, einem Freundschaftspärchen meinerseits, verkrochen. Natürlich hat er mich irgendwie ständig beobachtet. Doch was sollte ich schon groß tun. Ich war schwanger, dem Kind ging es trotz des Stresses gut, Arbeit hatte ich keine mehr.

Sascha ist so krank geworden, dass ich mich außerstande sah ihn allein zu lassen. Ich meine mit allein, in fremde Obhut ohne seine Mutter! Mein Kind hatte eine Lungenentzündung und ich wollte ihn nicht im Krankenhaus lassen. Meine Angst Michael würde ihn mir fortnehmen war größer als die Angst ich könnte es nicht schaffen ihn gesund zu pflegen.
Tagelang habe ich ihn an meinem nackten Oberkörper gepresst, in meinen Armen gehalten. Ich konnte ihn nicht hinlegen, denn er fing sofort an zu weinen. In dieser Zeit hat selbst meine Freundin Gela mich vergessen. Ich war ganz auf mich allein gestellt, ohne dass irgendjemand einmal nach mir und dem Kind gesehen hätte.
Mutter durfte nicht zu mir und Telefon war damals noch Luxus und für mich eben unerschwinglich.

Nach einer Woche kam Gela endlich, doch nur um mir zu erzählen, das sie sich unsterblich verliebt hatte und mir meinen letzten Kanten Brot weg zu essen. Ich habe es ihr nicht übel genommen, denn sie hatte noch nie einen Freund und ich war irgendwie auch froh, nach einer Woche endlich mal jemanden zu Gesicht zu bekommen!
Auch das haben wir überstanden.

Als Sascha wieder gesund war musste ich notgedrungen zum Jugendamt gehen und sagen das ich mittellos war. Es war gar nicht so schlimm wie ich erwartet hatte. Da Mutter kein eigenes Einkommen hatte und mein Stiefvater mir gegenüber nicht zu Unterhalt verpflichtet war, bekam ich über das Amt Geld für Sascha und mich.
Eine ruhige und harmonische Zeit war das, doch es kam wie es kommen musste; es war nur die Ruhe vor dem Sturm!

Michaela und Jürgen legten Michael nahe sich etwas zu suchen, denn für drei Personen war ihre Wohnung zu klein und sie wollten ja auch mal wieder eine Privatsphäre haben. So kam Michael wieder zu mir. Er bettelte darum, dass ich ihm doch noch eine Chance geben sollte. Er hätte sich geändert, will mich heiraten und für mich und unsere Kinder sorgen. Kinder brauchen ihren Vater und ich brauche einen Ernährer, denn eine Mutter gehört zu ihren Kindern und sollte nicht arbeiten gehen! Schöne Worte, zartes Werben und........ ich wurde schwach.
Ja, ich bin wie schon so viele Male auf seine Mitleidstour hereingefallen! Ich entschloss mich gegen den Willen meiner Mutter ihn zu heiraten. Kaum waren wir verheiratet drängte Michael mich mein ungeborenes Kind zur Adoption frei zu geben. Ich habe mich geweigert, und was dann geschah brauche ich wohl nicht näher zu erläutern.

Michael lebte sein Leben, welches sich in der Eckkneipe bei uns abspielte. Er war der Galan und Charmeur. Niemand konnte sich vorstellen zu welchen Gewalttaten er fähig war. Monika, so hieß die Tochter der Wirtin stand auf seiner Eroberungsliste an erster Stelle. Mir war es irgendwie egal, denn wenn er bei ihr war, hatte ich meine Ruhe. Mit ihr amüsierte er sich auch, als ich bereits im Krankenhaus war und in Wehen lag.

Die Geburt von Andi dauerte 22 Stunden. Die Wehen gingen aufs Kind und kontraktierten nicht über den Bauch.

Mein Körper weigerte sich das Kind preis zu geben, denn ich hatte Panik das er es schlagen würde! Es war auch nicht so angenehm für mich der Hebamme zu sagen das sie mein Kind besonders gründlich untersuchen sollte, ob es nicht an den Spätfolgen der Gonorrhö leidet, mit der mich Michael angesteckt hatte, und eventuell droht zu erblinden.

Doch am schlimmsten war mit ansehen zu müssen, wie die anderen Frauen Besuch von den Vätern Ihrer Kinder bekamen und wie liebevoll diese mit Mutter und Kind umgingen. Ich erhielt, so weit ich mich zu erinnern glaube überhaupt keinen Besuch.

> *Ich fragte mich wieder einmal, wie ich das alles aushalten konnte. Warum hatte ich nicht die Kraft mich zu trennen und somit meinen Kindern ein ruhigeres Leben zu bescheren? Fragen, Fragen, doch keine Antwort.*

„Heute nehme ich Dich zur Kenntnis. Wie gut, das ich Dich nicht zum Leben brauche! Trotzdem müssen wir lernen miteinander umzugehen und zu verstehen!"

Einer meiner Verse, die ich in stillen Stunden erdachte und niederschrieb. <

Neue Wohnung,
jetzt ging es erst richtig los!

Mittlerweile sind wir umgezogen. Die Wohnung in der Hermannstraße war für vier Personen viel zu klein. Ich hatte mich um eine Hauswartstelle mit Dienstwohnung beworben und diese auch bekommen. Es war eine schöne Wohnung in einem Neubau. Parterre, mit begrüntem Hof und Bäumen. Das war ja fast schon paradiesisch für die Kinder. Mein zweiter Sohn Andreas war noch klein und lag fast jeden Tag in seinem Kinderwagen auf dem Hof.
Die Hauswartstelle war nicht schwer zu bewältigen, denn es war nur ein Aufgang mit Terrazzofußboden. Wir hatten die Kinder mit im Schlafzimmer, aber egal, alles war schön hell und es gab eine Zentralheizung!! Zwar läuft quer zur Lichtenrader Straße der Flughafen Tempelhof, aber mit der Zeit hörte man den Fluglärm gar nicht mehr.

Eines Tages sprach mich der Sohn des Vermieters an und fragte mich, ob ich nicht wegen der Kinder seine Wohnung im vierten Stock haben möchte. Das waren drei große Zimmer mit einem langen Balkon dabei. Die Miete sollte genau so teuer wie die der jetzigen Wohnung sein. Der Haken an der Sache sei nur, das ich die Hauswartstelle nicht mehr machen kann, weil dort die Notfallanlage installiert war.
Ich stimmte nach Absprache mit Michael zu und wir konnten sofort nach oben ziehen. Der junge Mann hatte einen Studienplatz in einer anderen Stadt bekommen und wollte so schnell als möglich weg.

Beim Einkaufen lernte ich dann eine Frau kennen, mit der ich wegen der Hauswartstelle ins Gespräch kam. Sie fragte mich, ob sie das nicht machen könnte und ich versprach nachzufragen ob das ginge.

Hurra es hat geklappt und ich hatte eine neue Freundin! Michael hatte einen Job im Tiefbau und legte dadurch körperlich ganz schön zu. So braungebrannt mit blonden Haaren und weißem Anzug mit einem lila Seidenhemd machte er schon was her. Nach Feierabend ging er immer erst in die Eckkneipe bei uns und trank da sein wohlverdientes Feierabendbier. Ich war immer froh, wenn er so angesäuselt war, das er nur noch in sein Bett wollte. Die Kinder waren meist auch schon fertig und im Bett so das es keinen Grund gab zu meckern.

Einmal im Monat bezog ich Prügel und zwar immer dann, wenn es Geld gab. Michael nahm dies zum Anlass mit mir zu stänkern und wegen meiner angeblichen Widerworte mich zu züchtigen. Ging es auf Monatsende zu lebte ich ständig in Angst. Das war der Zeitpunkt an dem das Drama erst richtig begann.

Ich hatte einen Arzttermin, denn ich wollte mir meine überdimensional großen Brüste verkleinern lassen. Sie machten mir Beschwerden, wie Rückenschmerzen und wenn es so warm war, wurde ich unter dem BH ganz wund.
Andreas hatte heute seinen ersten Geburtstag, es war der 7.Mai 1975. Es sollte ein schöner Tag werden. Er sollte genau wie sein großer Bruder an seinem ersten Geburtstag eine große Kindertorte mit bunten Kerzen bekommen, in der er mit seinen kleinen Patschhändchen hinein grapschen sollte und sich die Torte in den kleinen Mund stopfen konnte.

Beim Arzt hatte es etwas länger gedauert. Es war voll und ich hatte Andreas mit. Der quengelte mittlerweile, weil er müde war, es war seine Schlafenszeit und Hunger hatte er auch.
Da ich ihn mit seinem Vater nicht allein lassen wollte, musste ich meinen Einkauf vorher tätigen. Sascha war im Kindergarten und so hatte ich noch etwas Zeit. Es sollte Kammkotelett mit Porree und Kartoffeln geben.

Endlich zuhause angekommen, wurde ich schon erwartet. Michael hatte zwischenzeitlich in der Praxis angerufen und wollte wissen wo ich so lange war. Erklärungen betreffs des Einkaufens glaubte er mir nicht und so musste ich Andreas wieder in den Wagen packen und Michael ging mit mir zurück in den Edeka-Laden am Herfurtplatz. Akribisch musste ich an alle Regale gehen an denen ich vorher war und es fehlten ganze fünf Minuten die ich nicht erklären konnte.

Mein Gott, wo war ich denn noch? Hatte ich an einem Regal länger gestanden oder hatte ich auf dem Weg von Edeka nachhause getrödelt? Ich wusste es nicht, egal wie angestrengt ich auch nachdachte.

Oben in der Wohnung angekommen, schlug er auf mich ein und drängte mich in die Küche, bedrohte mich mit einem riesigen Küchenmesser und zwang mich sein Essen zuzubereiten. Mein Kopf schmerzte, das Blut tropfte mir vom Gesicht und alle Glieder führten ein Eigenleben indem sie zitterten und wegknickten. Mühevoll versuchte ich eine Kartoffel zu nehmen und zu schälen, doch es gelang mir nicht. Ich konnte sie nicht halten, denn die Speiche meines linken Armes war gebrochen (wie ich später im Krankenhaus erfuhr). Michael brüllte los: "Wenn Du die scheiß Kartoffel nicht bald schälst, schäle ich Dich!" und riss mir das Messer aus der Hand. Immer weiter schlug er auf mich ein und traf mich an Kopf, Brust, Bauch und Rücken. Ich kauerte mich zu Boden getreten ganz klein in die Ecke an der Tür und hoffte so den Schlägen, die wie ein Dampfhammer auf mich niederprasselten, entgehen zu können. Aber ich hatte offensichtlich vergessen dass er noch zwei Beine hatte. Meinen ganzen Mut zusammen nehmend griff ich zwischen den Tritten nach der Klinke der Wohnungstür und versuchte mich daran hoch zu ziehen. Es musste doch verdammt noch mal eine Möglichkeit geben den Malträtierungen zu entgehen! Die Tür sprang auf und ich kroch winselnd auf das Treppenpodest hinaus. Doch wenn ich die Hoffnung hatte das unsere Nachbarn mir helfen würden oder die

Polizei rufen würden, hatte ich weit gefehlt! Blutüberströmt rief ich um Hilfe. Die Nachbarn schauten durch ihr Guckloch an der Wohnungstür, das konnte man sehen, doch sie öffneten mir nicht.
Meine Augen waren inzwischen so zugeschwollen, dass ich nichts mehr sehen konnte. Ich robbte langsam vorwärts und stürzte so die Treppe hinunter.
„Hilfe, ich kann nicht mehr, ich will zu meiner Mutter!". Das brachte ihn noch mehr in Wut und er zog mich an den Haaren die Treppenstufen wieder hoch und zerrte mich in die Wohnung wo er erneut so heftig auf mich eintrat, dass mein Leib sich aufblähte wie ein Ballon.

Von den Schlägen sichtlich erschöpft, legte er sich im Schlafzimmer aufs Bett und schlief ein. Ich wartete noch ein Weilchen und schlich dann leise aus der Wohnung um von meiner Hauswartfreundin die Polizei rufen zu lassen.
Mein Sohn lag im Kinderzimmer. Er war vom vielen Weinen eingeschlafen und ich traute mich nicht ihn aufzuheben. Ich hatte Angst dass er aufwacht und anfängt zu weinen. Ich musste schnell machen, bevor Michael wieder wach wurde.

Mit der Feuerwehr (damals gab es nur die Feuerwehr und noch keine Notarztwagen) kam auch die Polizei. Ich flehte die Beamten an sofort nach oben zu gehen um mein Kind aus der Wohnung zu holen, was diese auch sofort taten. In dieser Zeit wurde ich von der Feuerwehr versorgt.
Mit Blaulicht wurde ich ins Urbankrankenhaus gebracht. Dort stellte man eine Platzwunde oberhalb der rechten Stirnseite, einen Schädelbruch (Haarriss hinter dem linken Ohr), einen Speichenbruch am linken Unterarm, ein Bauchtrauma, Brillenhämatome und ein von Schlägen total deformiertes Gesicht fest.
Trotz Zuspruch der Ärzte war die Polizei nicht bereit eine Anzeige gegen Michael aufzunehmen, denn es handelte sich

hierbei schlicht und einfach um einen Ehestreit, bei dem es keine gesetzliche Handhabe gab.

Glücklich mein Kind bei mir zu haben wurde mir bewusst, dass ich Sascha unbedingt vom Kindergarten holen musste damit er ihn nicht holt.

Doch das ist ein neues Kapitel.

> *Meine Augen brennen und ich habe Kopfschmerzen, ich kann heute nicht mehr Weiterschreiben.* <

Und wieder auf der Flucht

Ich wurde im Urbankrankenhaus unter Polizeischutz gestellt, weil die Ärzte vermuteten, das Michael versuchen würde mich zu zwingen dasselbe zu verlassen. Doch das musste ich auch so tun, denn Sascha war immer noch im Kindergarten und Andi war die ganze Zeit bei mir. Die Familienfürsorge wurde von dem Diensthabenden Arzt benachrichtigt, denn die beiden Jungs mussten ja irgendwie untergebracht werden während ich hier stationär behandelt werden sollte.

Das war mir alles zu unsicher! Ich hatte bisher keine Hilfe von den Ämtern bekommen, warum sollte es gerade jetzt klappen? Also habe ich das Krankenhaus auf eigene Verantwortung verlassen und musste das auch unterschreiben, damit ich keine Regressansprüche stelle wenn es mir schlechter gehen sollte.

Es ist wie es ist, solange man gebraucht wird, steht man wie ein Fels in der Brandung. Erst wenn Ruhe einkehrt, fällt der Körper in sich zusammen.

Meine erste Anlaufstelle war meine Jugendfreundin Angelika. Ich holte Sascha aus der Kita ab und machte mich sofort auf den Weg zu ihr. Meine Eltern waren ja nicht zuhause, sie haben wie so oft, einen Tagesausflug nach Westdeutschland gemacht. Nur meine Oma war in der Wohnung und die konnte mit ihren 84 Jahren ohnehin nichts machen.

Bei Geli (Angelika), war noch Wolfgang und ich dachte mir, das Michael, sollte er herausbekommen wo ich war, dort kein Theater machen würde. Doch da hatte ich mich wie schon so oft geirrt!

Geli und ich versuchten die Kinder, also ihre zwei und meine, ruhig zu halten. Ich hatte große Angst das Michael alle Leute die ich kenne abklappert und uns doch noch erwischt.

Ein Anruf am Abend brachte Gewissheit. Er vermutete uns bei Geli und Wolfgang. Ich wollte gehen, denn es erschien mir

49

unverantwortlich, die Kinder Michel und Myriam mit in Gefahr zu bringen. Doch ich kam nicht mehr dazu, denn es klingelte kurz nach dem Telefonat an der Tür und er stand da und fragte nach uns.

Wolfgang war zum Glück zuhause und hat ohne Michael herein zu bitten kurz und knapp gesagt wir wären nicht da und hat die Tür wieder zu gemacht. Wir waren still und haben gelauscht was Michael wohl jetzt macht. Geht er oder geht er nicht? Die Schritte gingen nach unten und Erleichterung machte sich breit. Morgen früh, gleich morgen früh wollte ich mit Sascha und Andi zu Rosi gehen. Rosi war die ältere Schwester von Geli und wir waren alle zusammen aufgewachsen.

Rosi und ihr Mann Horst, waren seit kurzem bei den Zeugen Jehovas und der predigte ja bekanntlich Nächstenliebe damit man in sein Himmelreich kommt. Also wollten die beiden mich auch aufnehmen. Doch so weit kam es nicht.

Als die Kinder und ich am nächsten Morgen die Wohnung verlassen wollten, stand Michael vor uns. Er hatte die ganze Nacht eine halbe Treppe höher auf dem Boden verbracht um uns zu erwischen. Nun ging es wieder ab nach hause! Sascha und Andi waren völlig verschüchtert und ich war bemüht mich auf keine Diskussion einzulassen, damit Michael nicht erneut in Wut geriet.

> *Ich sitze hier und habe ein Vakuum im Kopf! Ich weiß nicht, wie es weiter ging! Ich war noch bei Rosi und Horst, aber wann und wie, das weiß ich nicht mehr.* <

...

…

Sascha und Andi waren kurzfristig in der Sonnenallee bei einer Kurzpflegestelle untergebracht und Sascha wurde über die BFA nach Amrum verschickt weil er so oft mit den Bronchien zu tun hatte. Von Rosi aus bin ich mit der Bahn bis an die Fähre gefahren und dann weiter nach Amrum. Ich weiß dass Michael mir Sascha wegnehmen wollte. Seine Eltern wollten Sascha adoptieren und Andi sollte in die Schweiz zu Pflegeeltern, das hatten seine Eltern vor.

Ich hatte inzwischen auch bereits die Scheidung eingereicht und Rechtsanwalt Ecksdorf hat Strafantrag wegen versuchten Totschlags gestellt.
Der ist natürlich von der Staatsanwaltschaft Berlin mit der Begründung es läge kein öffentliches Interesse vor, abgelehnt worden.

> Ich kann momentan nicht weiter schreiben. Mein Kopf ist leer und meine Hände sind schwer. Mein Körper friert und will glaube ich, nicht weiter. Ich muss mich sammeln. Mein Mann Mike sagt ich soll aufhören denn so hat das keinen Sinn. Das tue ich jetzt auch. <

Die Angst im Nacken

Ich schreibe von da an weiter, wo meine Erinnerung wieder einsetzt.

Ich ging wie schon so oft vorher, wieder mit ihm "nach hause" oder wie immer man das auch nennen kann. Immer wenn es zu eskalieren drohte, suchte ich verzweifelt nach einem Ausweg. Das war gar nicht so einfach, denn ich wurde ständig von Michael bewacht. Durch das viele Durcheinander hatte ich mittlerweile meinen Job bei „Bolle" am Flughafen Tempelhof verloren und Michael hatte auch keine Arbeit mehr. Ich weiß nicht genau warum und ob man ihm gekündigt hatte oder ob er nicht mehr zur Arbeit gegangen ist um mich besser unter Kontrolle zu haben. Ich schätze mal eher letzteres! Nun waren wir ein Sozialfall und bekamen vom Sozialamt Neukölln unser Geld.

Eines Tages, Michael hatte mich wie immer zum Amt begleitet, es gab ja Geld und das sollte ich nicht allein in Empfang nehmen, geschah etwas, was Andi fast das Leben gekostet hat. Es hatte lange auf dem Amt gedauert und Andi war sehr unruhig und quengelig. Ich habe den Kleinen gleich hingelegt als wir nach hause kamen, damit er Michael nicht weiter stört. Doch wie es so ist, findet ein Kind nicht gleich zur Ruhe und weint noch ein wenig bis es einschlafen kann. Das Weinen hat Michael so gestört, das er wie von Furien gehetzt in sein Zimmer stürzte und ihm ein Kissen auf das kleine Gesicht gedrückt hat bis er keine Luft mehr bekam. Erst als ich schrie das Kind ist tot, hat Michael von ihm abgelassen, ist mit mir im Würgegriff zur Kinderzimmertür raus und hat sich davor postiert, damit ich nicht mehr hinein konnte.
Voller Panik habe ich mich losgerissen, bin in die Küche gerannt, habe unter der Spüle das Beil hervorgeholt, bin zurück zum Kinderzimmer und habe nach Michael geschlagen, aber

leider nur die Tür getroffen. Über diesen Mut war Michael so erschrocken, dass er fluchtartig die Wohnung verlassen hat und ich mich endlich um Andreas kümmern konnte. Von Angst gepeitscht habe ich Andi gegriffen und ebenfalls die Wohnung verlassen.

Sascha war zu diesem Zeitpunkt wegen seiner vielen Bronchitiserkrankungen von der LVA zur Kur nach Amrum geschickt worden und hatte so etwas Ruhe vor dem ewigen Theater.
Ich bin mit Andi, zu Rosi (der Schwester von Geli) und Horst, gegangen, die mich mit meinem Kind aufnahmen.

Wie ich bei einer Vorladung beim Jugendamt erfuhr, wollten Michaels Eltern mir beide Kinder wegnehmen. Sascha wollten sie Adoptieren und Andi, den sie immer als Bastard betitelt haben, sollte in die Schweiz zu Pflegeeltern. Mein Glück war, das ich immer und regelmäßig mit meinen Kindern in die Werbelinstrasse zur Säuglings und Kleinkinderfürsorge gegangen bin. Dort wurden sie geimpft und gleichzeitig war dort eine kontinuierliche ärztliche Versorgung.
Bei der Vorladung wollte das Jugendamt über unsere desolaten Verhältnisse mit mir reden. Meine Schwiegereltern versuchten mich als unfähig für meine Kinder zu sorgen und als schlampige Hausfrau darzustellen.
Zu diesem Zweck hatten sie mein Putzlappensortiment, das hauptsächlich aus alten mit Karotten und Spinatflecken behafteten Babyhemdchen bestand, in die Badewanne gelegt, Wasser eingelassen und Tage später dann per Foto dokumentiert, das so meine Kinderwäsche ausschaut.
Das Foto, welches Michael über den Einschlag der Axt am Kinderzimmer angebracht hatte, haben sie abgenommen und einer von ihnen, wahrscheinlich meine Schwiegermutter, hielt die Axt zum Schlag ausgeholt davor, so das es aussah als wenn ich diesen Schlag ausgeführt hätte.
Tja, ich soll also meine Kinder verwahrlosen lassen. Das war ein harter Schlag gegen den ich mich nur mit Hilfe der Für-

sorge wehren konnte und so war ihr Vorhaben nicht von Erfolg gekrönt. Für mich warf sich natürlich die Frage auf, warum hier so schnell gehandelt wurde. Mir wurde nur immer wieder gesagt, dass ich meine Kinder vor dem Vater zu schützen habe. Wenn ich dies nicht tue, würde ich wegen unterlassener Hilfe angezeigt werden, ansonsten könne man eben nichts für uns tun!

Ich bin nach diesem Gespräch sofort zu Rosi und Horst .Wir haben gemeinsam überlegt wie ich Sascha am schnellsten von Amrum weg bekomme, damit Familie Vogt mir nicht zuvor kommt. Noch hatten wir als Ehepaar ja beide das Sorgerecht. Sie gaben mir Geld und ich fuhr mit dem Zug in Richtung Amrum.

Da ich nicht genau wusste wie und wie weit ich fahren musste, kaufte ich eine Bahnfahrkarte bis Niebüll, benötigte jedoch eine bis Dagebüll, denn von da aus fuhren die Fähren nach Amrum. Spät abends stand ich verlassen am Bahnhof von Niebüll und wusste nicht weiter. Ich fragte einen Taxifahrer wie ich denn am schnellsten nach Dagebüll komme und der sagte mir, dass der nächste Zug erst am nächsten morgen fährt. Ich fing an zu weinen, denn ich fühlte mich sehr verlassen und von allen im Stich gelassen. Der Taxifahrer rief seine Frau an und bot mir dann an, bei ihnen die Nacht zu verbringen. Glücklich darüber nicht die Nacht auf dem Bahnhof verbringen zu müssen, willigte ich ein. Beide waren wirklich sehr nett zu mir. Gaben mir etwas zu essen und bereiteten mir einen Schlafplatz auf der Couch.
Am nächsten Morgen frühstückten wir noch gemeinsam und dann wollte mich der Mann direkt nach Dagebüll fahren, denn es wären nur ca. 15 km.

Die Fahrt ging irgendwie immer neben dem Deich entlang, als er das Auto plötzlich hinter ein Gebüsch rechts von der Straße lenkte. Ich fragte was denn los sei und er antwortete mir, das ich nun für die mir erwiesene Hilfe eine Gegenleistung erbringen müsste und versuchte mich zu küssen und mich zu begrabbeln. Ich schrie nicht, denn ich hatte Angst er könne mir etwas antun, aber ich redete auf ihn ein, dass er das doch bitte sein lassen soll und schob immer wieder seine Hände von meinem Körper. Wütend über meine Gegenwehr erklärte er mir, das wir Weiber doch immer nur so tun als ob wir nicht wollen, meinten es aber ganz anders.

Ich riss die Wagentür auf, sprang hinaus und rannte die Straße am Deich entlang ohne dass er mir folgte.

Es waren mindestens noch 12-13 Kilometer die ich laufen musste um an die Fähre zu gelangen. Erschöpft erreichte ich diese und konnte endlich zu meinem Kind. Im Kurheim angekommen erklärte ich meine Situation und erhielt die Auskunft, dass ich am nächsten Tag mit Sascha und dem Rücktransport der abreisenden Gruppe, mit dem Bus nach Berlin fahren kann. Dann endlich durfte ich mein Kind sehen! Sascha saß mit anderen Kindern an einem Tisch und sah mich mit großen Augen die fragten wo kommt meine Mami so plötzlich her, an. Überglücklich schloss ich ihn in meine Arme und flüsterte ihm ins Ohr das nun alles gut wird.

Andi war bei Rosi und Horst gut aufgehoben, darum brauchte ich mir keine Sorgen machen. Was mich dennoch bedrückte war, wie ich in Berlin Michaels Fängen entkommen konnte. Doch da half mir der Busfahrer. Er ließ mich an der U-Bahn-Station am Olympiastadion raus so dass ich mit Sascha unbehelligt zu Rosi und Horst fahren konnte.

Michael bekam von seinen Eltern wieder eine Wohnung und so konnten die Kinder und ich endlich wieder ein wenig zur Ruhe kommen ...
... so glaubte ich zumindest.

Kann Horror, Terror überbieten?

Endlich war es soweit und ich konnte mit Sascha und Andi in unsere Wohnung zurück!
Doch wenn ich geglaubt habe, dass wir nun endlich ohne Angst leben konnten, hatte ich weit gefehlt! Michael ließ uns natürlich nicht in Ruhe!

Seine Eltern durften nicht erfahren, dass er fast täglich bei uns auf der Matte stand und enormen Druck auf die Kinder und mich ausübte. Die Lichtenrader Straße war eine ruhige Seitenstraße und wenn es abends früh dunkel wurde, war es mehr als einsam.
Zum Einkaufen musste ich immer bis fast an die Herrmannstraße zu Edeka; es gab leider keine andere Möglichkeit.

Anfangs habe ich ja nie geantwortet wenn Michael an der Klingelanlage war, aber folgendem Erlebnis doch ganz schnell entschieden habe es zu lassen!
Wir wohnten ja mittlerweile im vierten Stock, direkt unter dem Flachdach des Hauses.
Ich glaubte meinen Augen und Ohren nicht zu trauen als es an der Balkontür klopfte und Michael durch die Tür blickte.
Wie kann das sein? Wie kam er auf den Balkon? Hatten ihn vielleicht die Nachbarn aus Angst herein gelassen und er konnte von Balkon zu Balkon klettern?
NEIN, DER HAT SICH EINFACH MIT EINEM SEIL VOM DACH AUS, DIE WAND HINUNTER AUF UNSEREN BALKON GELASSEN!
Tja, nun waren wir wieder gefangen; ich in meiner Angst auch in mir selbst. Das war kein Leben mehr, weder für meine Jungs noch für mich. Was natürlich noch hinzukam, war das Michael mit meiner Freundin Marion und mit unserer Hauswartin den Freuden der körperlichen Liebe gefrönt hat und mir

das Schlafzimmer in solch beschmutzten Zustand überlassen hat.

Michaels Eltern waren ganz fix dabei die Möbel aufzuteilen. Gnädiger Weise durfte ich das Schlafzimmer behalten. Tiefkühlkombi und Wohnzimmer wurden abgeholt und das Kinderzimmer hat Michael an die Kneipenwirtin an der Ecke verkauft. Mir blieb also fast gar nichts.

Da Michael die Jungs und mich weiter drangsalierte, beschloss ich aus der Wohnung auszuziehen. Da wir inzwischen auch bereits die Kündigung hatten war es möglich eine andere Wohnung anzumieten. Wir zogen also in die Hobrechtstraße in eine Einzimmer Durchgangswohnung mit Toilette, eine Treppe tiefer und Dusche auf dem Hof.
In den vorderen Räumen wohnte ein schwules Pärchen, die wirklich sehr nett waren und die Kinder und mich freundlich aufnahmen. Sascha hat zu der Dame des Hauses immer Herrfrau Vogelsang gesagt, was für allgemeines Schmunzeln sorgte.

Andi wurde sehr krank und ich musste ihn in die Kinderklinik in Lichtenrade bringen. Er hatte Blut im Stuhlgang was auf eine bakterielle Infektion zurückzuführen war. Laut Krankenhaus hatte er durch den enormen Stress mit seinem Erzeuger keinerlei Abwehrkräfte mehr.
Nach meinem zweiten Besuch bei Andi baten mich die Ärzte von Besuchen abzusehen, da es Andi stets schlechter ging wenn ich nach hause musste.
So geschah es das ich mich täglich hinter einem Gebüsch versteckte um mein Kind zu sehen ohne das es für seine Gesundheit problematisch wurde.

Als ich ihn endlich nach hause holen durfte, würdigte er mich keines Blickes. Es war wohl auch sehr schwer für ihn ohne mich zu sein und er war mit knapp eineinhalb Jahren noch zu klein, um das ich es hätte ihm erklären können. In der Wohnung angekommen dufte ich Andreas nicht mehr vom Arm nehmen. Er schrie und klammerte sich mit seinen kleinen Händchen derart an mir fest, dass es mir fast das Herz zerriss. Es war eine schwere Zeit, doch ich musste da durch.

Eines Tages klingelte es an der Tür und Herrfrau Vogelsang öffnete, denn seine Zimmer waren vorn. Michael stand vor ihm und wollte mich sprechen! Wie konnte er mich finden? Ich hatte zu niemanden mehr Kontakt! Mir fiel ein, dass es Ultimo war und ich beim Sozialamt war um mein Geld zu holen. Das musste es sein! Er hat dort versteckt auf mich gewartet und ist mir dann bis hierher gefolgt!
Herr Vogelsang sagte dass ich nicht hier wohne, denn sonst wäre ja wohl ein Namensschild an der Tür! Es war also wieder einmal Flucht angesagt.

Ich weiß gar nicht wo ich mich versteckt habe. Ich musste Neukölln den Rücken kehren und versuchen in einem anderen Bezirk Fuß zu fassen.
In Wedding bekam ich eine möblierte Zweizimmerwohnung in einem Hinterhaus im Seitenflügel. Der Umzug vollzog sich mit Hilfe von Irmi, einer Freundin von mir. Wir packten alles was ging in Andi sein Kinderbettchen und fuhren so bepackt mit der U-Bahn zu der neuen Wohnung.

Das Dachgeschoß war noch ausgebombt vom Krieg und konnte nicht betreten werden.
Wenn man auf der Toilette saß wurde man ob des schiefen Fußbodens fast seekrank. In der Küche gab es nur ein halbrundes Gusseisernes Becken an dem wir uns waschen, ich abwaschen und Wäschewaschen musste. Das Wohnzimmer stank muffig und die gesamte Wohnung war feucht.
Nachts lag ich mit den Kindern eng aneinander gekuschelt in dem klammen Bettzeug und versuchte mit meiner Körper-

wärme die Jungs ein wenig zu schützen. Alles war besser als in Michaels Nähe zu sein!

Eines Tages, ich kam mit Sascha und Andi vom Spazierengehen zurück, bemerkte ich vom Hof aus Licht in der Wohnung. Da wir die einzigen Mieter waren fiel das natürlich sofort auf. Ich sah einen großen Schatten im Zimmer auf und ab gehen und verließ von Panik gepackt das Haus. Kopflos lief ich kreuz und quer durch die Straßen und überlegte fieberhaft wo ich mit den Kindern Unterschlupf finden könnte. Es fiel mir niemand ein, denn alle hatten Angst vor Michael da dieser gedroht hatte gegen jeden der mir half vorzugehen.
Der Notdienst des Jugendamtes, der musste uns helfen!
Es gab endlose Debatten, denn da ich eine eigene Wohnung hatte konnte man uns keine andere Unterkunft anbieten. In meiner Verzweiflung setzte ich meine Jungs auf den Schreibtisch des Büros und weigerte mich meine Jungs der Gefahr des Vaters auszusetzen. Ich bettelte, weinte und brüllte zum Schluss meine ganze Angst heraus. Endlich bot man mir eine Lösung an, die zwar schmerzlich war, denn meine Kinder waren das Einzige was ich hatte auf der Welt, aber es ging um sie und nicht um mich.
Sascha und Andi sollten ins Hauptkinderheim und ich sollte die Möglichkeit erhalten mir eine ordentliche Wohnung zu suchen und gebrauchte Möbel über einen Kostenübernahmeschein kaufen zu können.

Es war der 6. Dezember als ich schweren Herzens zustimmte Sascha und Andi ins Kinderheim zu geben. Komisch wie sich alles im Leben wiederholt. Ich bin mit 15 ebenfalls am 6. Dezember ins Heim gekommen, denn für mich war bei meinen Eltern kein Platz mehr nachdem ich die Ausbildung zur Kinderpflegerin verpatzt habe und nicht mehr auf dem Internat im Schwarzwald bleiben durfte.

Innerhalb von wenigen Tagen hatte ich eine Wohnung in Schöneberg in der Ebersstraße. Nun fehlten nur noch die Möbel!

Ich besuchte meine Jungs so oft es ging und versprach Sascha, dass ich sie zu seinem 4.Geburtstag am 6. Januar in unser neues zuhause hole. Doch bis dahin hatte ich noch sehr viel zu erledigen.

Weihnachtszeit... Horrorzeit!

Ich hatte so ziemlich alles erledigt und innerhalb von einer Woche eine Wohnung in Schöneberg gefunden. Nun galt es nur noch Möbel zu besorgen.

Ich weiß gar nicht mehr wo ich mich aufgehalten habe. Kann sein dass ich bei meiner Freundin Gela ein Versteck erhascht hatte. Ich weiß es nicht mehr, vielleicht war ich ja sogar bei meinen Eltern? Ich erinnere mich, dass ich für meine Mutter zu Woolworth in der Herrmannstraße gehen sollte um noch einige Kleinigkeiten zum Fest zu besorgen. Es war nicht weit von der Wohnung meiner Eltern entfernt und die Straßen waren voller Menschen die wahrscheinlich alle noch Resteinkäufe zum Fest tätigen wollten.
Ich wollte laufen und nicht mit der U-Bahn fahren, was nicht ganz ungefährlich war, denn die Lichtenrader Straße war nicht weit entfernt. Aber durch die ständige Versteckerei in irgendwelchen Wohnungen, erschien es mir angesichts der schön geschmückten Straßen schier unmöglich, mit der Bahn zu fahren.

Plötzlich packte mich jemand von hinten in einen Klammergriff und schleifte mich die Herrmannstraße Richtung Herrmannplatz entlang. Zu einer Säule erstarrt ließ ich es geschehen, damit der Druck an meinem Hals sich etwas lockerte. Angesichts der Pein die jetzt wieder auf mich zukam nahm ich allen Mut zusammen und schrie um Hilfe und bat verzweifelt darum die Polizei zu rufen. Ungläubig starrten die Menschen auf Michael und mich, einige liefen völlig unbeteiligt weiter und niemand wollte mir helfen. Michael drückte erneut zu und zischte mir ins Ohr, dass mein letztes Stündlein geschlagen hätte wenn ich nicht sofort still bin. Ich wusste ja inzwischen wozu er fähig war und fügte mich..... wie schon so viele Male vorher.

In der Wohnung angekommen, verschloss er die Wohnungstür und prügelte ihn unbändiger Wut auf mich ein. Du gehörst mir und kein anderer soll dich besitzen! Seinen Worten verlieh er Nachhalt indem er mir die Kleider vom Leib riss und mich mit einer Brutalität vergewaltigte das ich glaubte es nicht überleben zu können.

Meine Kleider bekam ich nicht zurück und musste tagelang nackt in der Wohnung verharren. Die Angst raubte mit fast den Verstand! Fieberhaft dachte ich darüber nach wie ich ihm entkommen konnte. Ja wie, wenn er sogar anwesend war wenn ich meine Notdurft verrichtete und ich selbst anwesend sein musste wenn er dies seinerseits tat! Ich verhielt mich völlig ruhig, immer darauf bedacht ihn nicht zu reizen. Die einzige Möglichkeit war, mich so zu verhalten, dass er sich in Sicherheit wiegte. Ich war ihm zu willen wann immer er es wollte und so kam es, dass er mir meine Kleidung zurück gab und versuchte mir zu erklären das er dass alles nur aus Liebe und Angst mich zu verlieren tat.

In der Angst, ist Frauen, glaube ich manchmal die Schläue eines Fuchses zu eigen und sie tun instinktiv das Richtige.

Tage waren vergangen und Michaels Vertrauen zu mir nahm langsam wieder Gestalt an. Ich durfte allein zur Toilette gehen und sogar duschen. Letztendlich duschte auch er ohne dass ich dabei sein musste. Lange zuvor hatte ich einen einzelnen Wohnungsschlüssel zwischen Spül - und Küchenschrank versteckt. Ich wusste nicht warum ich dies damals tat, aber das verhalf mir nun endlich zur erneuten Flucht.

Mit zitternden Fingern fischte ich den Schlüssel aus der Ritze, schloss leise die Tür auf, griff meine Jacke und huschte zwei Stufen auf einmal nehmend, leise und schnell die Treppen hinunter. Ich rannte durch die Straßen kreuz und quer wie ein gehetztes und gejagtes Wild. Wohin? Ich wusste es nicht! Zu meinen Eltern? Nein, die hatten mich ja offensichtlich nicht einmal vermisst, sonst hätten sie doch die Polizei eingeschaltet und mich in der Wohnung Lichtenrader Straße suchen lassen!?!?

> *Ich kann und will auch gar nicht darüber nachdenken denn das blockiert mich beim Schreiben. Ich mache da weiter wo meine Erinnerung wieder einsetzt nämlich bei meinen Kindern im Hauptkinderheim!* <

Inzwischen war das Jahr 1975 angebrochen. Die Wohnung war eingerichtet und ich konnte Sascha und Andi aus dem Heim holen. Am 6. Januar erschien ich dort freudestrahlend zusammen mit Gela um die beiden abzuholen. Ich wurde vorher noch zu einem Gespräch mit der zuständigen Sozialarbeiterin gerufen.
Dort ereignete sich folgendes:
Die Heimleitung hatte per einstweilige Verfügung erreicht, dass Michael keinen Kontakt und keinerlei Auskunft über unseren Verbleib von Seiten der Ämter mehr erhalten durfte. Da die Jungs jedoch dem Staat Geld kosteten, wurde eine Zahlungsaufforderung betreffs der Heimkosten, an Michaels Eltern geschickt und so wusste er wo die Jungs sich aufhielten. Er erschien am 5. Januar im Heim und wollte die Jungs abholen. Der Sozialarbeiterin erzählte er, ich wäre in die Halberstädter Straße in Halensee verzogen und hätte ihn mit der Abholung der Kinder beauftragt, da ich noch mit den Vorbereitungen für Saschas Geburtstag beschäftigt sei. Diese fragte ihn dann wohl:" Ach Ihre Frau wohnt gar nicht in der Ebersstraße 33 in Schöneberg?" und so nahm das Unglück weiter seinen Lauf. Doch ich musste meine Kinder mitnehmen denn ich hatte es ihnen versprochen! So geschah es dann auch. Gela und ich nahmen Sascha und Andi in der Hoffnung, Michael würde nicht wissen wo die Ebersstraße ist mit. Doch auch da hatte ich mich wieder einmal geirrt.

Kaum in der Wohnung angekommen, klingelte es an der Wohnungstür. Wir verhielten uns ganz still und wagten kaum zu atmen. Vielleicht denkt er ja wir sind noch nicht da! Die Stunden vergingen und Gela musste langsam nachhause. Es hatte sich so angehört als wenn Michael die Treppe runter gegangen ist. Vorsichtig öffnete ich die Tür um Gela raus zu lassen. Ich wollte mit den Jungs nicht schon wieder flüchten und es war auch ziemlich kalt. Kaum war die Tür offen, stand Michael vor uns! „Gela macht das Du weg kommst und mit Dir Roswitha muss ich reden!" sprachs und hatte schon den Fuß in der Tür. Ich wusste, war er erst einmal in der Wohnung würde ich ihn nie wieder loswerden und so geschah es dann auch.

> *Ich frage mich beim Schreiben immer wieder warum habe ich das alles geschehen lassen? Was hätte mir passieren können wenn ich ihn einfach umgebracht hätte? Wahrscheinlich wäre ich dafür ins Gefängnis gekommen und hätte meine Kinder nie wieder gesehen! Wenn es einen Gott gibt, warum hat er mir so großes Leid zugefügt? War ich in einem vorigen Leben ein schlechter Mensch und muss nun dafür büßen? Fragen über Fragen und keine Antworten .... oder doch? <*

Kinder wieder im Heim, ich schwanger

Wie immer ging es eine Zeit lang gut. Ich sorgte dafür dass die Kinder nicht oft zuhause waren und habe sie immer schnell ins Bett gebracht damit er sich nicht gestört fühlt.
Was bin ich nur für eine Mutter! Der Glaube dass doch noch irgendwie alles gut werden könnte war eine Flucht in eine Welt die es nur in meiner Fantasie gab.
Doch der nächste Eklat war vorprogrammiert, denn ich wurde durch den Druck der von Michael ausging immer nervöser. Ich konnte doch nicht ständig mit den Kindern in der Weltgeschichte umher gondeln nur damit Michael seine Ruhe hatte.
Die Jungs waren in seiner Gegenwart völlig eingeschüchtert und es gab kein fröhliches Kinderlachen in seiner Umgebung.

Die nächsten Schläge bekam ich, weil er nicht in der Lage war eine Waschmaschine bis in den vierten Stock zu tragen. Mir glitt sie aus den Händen denn sie war unheimlich schwer. Er ließ die Maschine los und sie stürzte mit mir zusammen auf den Podest. Ich schrie vor Schmerz auf, stockte jedoch sofort als ich sein hasserfülltes Gesicht sah. Er sprang die Stufen hinunter und verpasste mir einen Tritt in die Rippen so dass ich keine Luft mehr bekam. Ein Trommelwirbel von Schlägen prasselte auf mich nieder. Ich schrie aufhören, aufhören! Michael zerrte mich an den Haaren die Treppe hinauf zu meiner Wohnung, warf die Tür ins Schloss und beschimpfte mich in der übelsten Wortwahl. Eine Hure war ich, die ihm den Bastard Andi untergejubelt hat. Er schlägt uns alle tot, damit er endlich seine Ruhe vor uns hat ... und so ging es weiter und weiter.

Plötzlich klingelte es und Polizei stand vor der Tür. Die Mieter hatten sie gerufen, weil das Theater überhand nahm. Ich bat die Beamten Michael aus der Wohnung zu entfernen, was diese jedoch verneinten. Obwohl es meine Wohnung war und er noch nicht einmal mit im Mietvertrag stand, durfte er bleiben, denn die Scheidung war noch nicht durch weil er nicht zum Termin erschienen war und so ging ich mit den Beamten mit und verließ nur mit dem was ich auf dem Leib trug die Wohnung.

Freundlicherweise fuhren sie mit mir zum Kindergarten und holten Sascha und Andi ab. Sie fuhren mich bis zum Herrmannplatz und von dort aus musste ich zusehen wie ich zurechtkam. Sie durften mich nicht weiter fahren denn das war außerhalb ihres Geltungsbereiches und würde Ärger für sie bedeuten.

Schräge Welt im Beamtenstatus.

Ich fuhr mit der U-Bahn die drei Stationen bis zu meinen Eltern. Ich habe meiner Mutter nichts erzählt, denn sie konnte mir sowieso nicht helfen.

Eine Weile blieb ich dort und fuhr dann wieder zurück nach Schöneberg. Ich wollte versuchen mit Michael zu reden und um gut Wetter betteln, damit die Jungs ins Bett konnten. Wo sollte ich auch hin? Ich habe resigniert und mich meinem Schicksal ergeben. Mir war nur noch wichtig das er die Kinder in ruhe ließ; sollte er doch mit mir machen was er wollte, es war schon alles egal. Ich war es seit meiner Kindheit gewohnt hin und her geschubst zu werden also was soll's!

Eines Tages, ich wollte mit den Jungs in den Zirkus gehen ist es dann wieder eskaliert. Michael hatte sich neue Turnschuhe gekauft. So blaue Dinger, an der Spitze mit einem Gummibesatz, Turnschuh eben.

Er wollte nicht mit in den Zirkus, aber ich wollte, denn es war Freitag und der letzte Tag wo er noch hier gastierte. Er hob Sascha an den Armen hoch und wollte tschüß sagen als der kleine Mann ihm aus der Hand gerutscht ist und mit seinen kleinen Füßen auf den Gummibesatz der Turnschuhe zum stehen kam. Michael holte aus und schlug so kräftig auf

Sascha ein, dass dieser gleich zu Boden stürzte und zusammen gekauert, wimmernd liegen blieb. Das hat Michael so wütend gemacht, dass er sich das inzwischen angeschaffte Marmortelefon griff und Sascha auf den Kopf schlug. Mein Kind lag regungslos auf dem Fußboden blutete aus den Ohren und gab keinen Laut mehr von sich. Michael erfasste Panik. Hatte er sein Kind umgebracht? Ich kauerte inzwischen auf dem Boden mein Kind im Arm haltend und weinte hemmungslos. „Du Mörder" schrie ich. Das ist das zweite Mal das Du versucht hast Dein Kind zu töten.

Sascha erholte sich langsam. Ich nehme an das er sich im Schockzustand befand. Ich nahm ihn auf den Arm, sagte zu Andi er solle zu mir kommen und wollte mit den Kindern die Wohnung verlassen um mit Sascha ins Krankenhaus zu fahren. Doch Michael hielt Andi mit den Worten, "Der bleibt hier, damit Du auch wieder kommst!" fest. Ich konnte mich jetzt auf keine Diskussion einlassen denn Sascha blutete noch immer aus den Ohren und ich konnte keinen Rettungswagen anrufen, denn das Telefon war in tausend Einzelteile zersprungen. Also verließ ich, Sascha auf dem Arm tragend, die Wohnung. Ich suchte mir eine Taxe und fuhr mit Sascha ins Marienkrankenhaus. Ich hatte zum Glück mein ganzes Geld vom Sozialamt dabei!
Sascha hatte großes Glück, denn es war kein Schädelbruch und so konnte ich mich nun um Andi kümmern.

Mittlerweile war es Abend und ich versuchte über die Polizei Kontakt zu einem Sozialdienst des Jugendamtes zu bekommen. Ich wollte mein Kind aus der Obhut seines Vaters holen, traute mich jedoch nicht allein dort hin. Bei dieser Gelegenheit zeigte ich Michael wegen Kindesmisshandlung an und bat die Polizei wiederholt mit mir in die Wohnung zu fahren um Andi dort raus zu holen. Man teilte mir mit, dass dies nur im Beisein des Jugendamtes geht und dort befindet sich niemand mehr.
Wutentbrannt verließ ich die Wache. Ich war verzweifelt und hatte panische Angst dass meinem Kind etwas passiert. Sascha

im Schlepptau suchte ich ein Hotel wo wir bis Montag übernachten konnten. Es waren grauenvolle zwei Tage und drei Nächte. Ich malte mir aus das Michael, Andi misshandeln könnte denn er war ja sowieso überzeugt davon dass er nicht sein Kind ist und was sollte ihn dann in seiner Wut auf mein Fernbleiben davon abhalten?

Endlich war Montag und ich ging sofort zum Jugendamt um alles in die Wege zu leiten das Andi aus der Wohnung geholt wurde.
Mit einem Polizeiaufgebot stürmte das Jugendamt die Wohnung und holte mein Kind dort raus. Michael wurde in Handschellen abgeführt und man nahm ihm sogar meinen Wohnungsschlüssel ab, was mich sehr glücklich machte. Man teilte mir mit, dass man Michael lediglich verhören wollte und er dann das Revier wieder verlassen könne. Ich sollte mich mit dem Jugendamt beraten wie wir weiter verfahren wollten. Das Ende vom Lied war, das man mir klar machte, dass man die Jungs erst einmal in einem Kinderheim unterbringen würde, damit der Vater keinen Zugriff mehr auf die beiden hat.

So war das.

Ich habe als Mutter versagt, denn ich war nicht in der Lage meine Kinder vor dem Vater zu schützen. Dieses Bewusstsein war ganz schrecklich für mich und ich war machtlos etwas dagegen zu tun.

Ich blieb also allein zurück und musste mit ansehen wie man meine weinenden Kinder in ein Auto verfrachtete und weg fuhr.
Tagelang verließ ich die Wohnung nicht. Warum auch, ich durfte Sascha und Andi momentan sowieso nicht besuchen, denn man wollte sie erst einmal psychologisch untersuchen um zu sehen inwieweit ich eine Mitschuld an dem Desaster trage. Sascha und Andi fragten jeden Tag nach ihrer Mami und

wollten wieder nach hause zu mir. Ich war ohne meine Jungs nicht vollständig und wollte sie unbedingt wieder bei mir haben. Die beiden waren mein Leben und ohne sie war alles trostlos und leer.

> *Wenn ich daran denke zieht sich mein Herz noch immer zusammen und schmerzt vor Kummer. Ich war allein auf mich gestellt wie schon so oft in meinem Leben.* <

Was einen nicht umbringt macht einen hart!

Der Schmerz einer Mutter, Adoption als letzter Ausweg

Die Verzweiflung und der Kampf mein Kind zur Adoption frei zu geben.

Es ging wieder mal eine ganze Weile gut und ich hatte Ruhe vor Michael. Er hatte sich bei meiner Freundin Karin, die im Nebenhaus im Parterre wohnte, eingenistet.

Ich hatte Karin kennen gelernt als ich mit den Jungs spazieren ging. Sie führte den Hund ihres Chefs Gassi und da die Kinder sehr tierlieb waren, kam es zu Gesprächen und wir haben uns angefreundet. Karin hatte einen 13 jährigen Sohn mit dem sie allein lebte, da er sich mit ihrem Freund nicht so gut verstand. Sie war nett und so entwickelte sich eine Freundschaft zwischen uns. Ich erzählte ihr von meinem Ehedrama, doch sie wollte es mir nicht so recht glauben. Michael war doch ein so zuvorkommender, attraktiver Mann und so nett…!
Na ja, was soll's, er hatte die Gabe die Menschen zu täuschen und ein Charmeur war er ja wirklich.

Michael konnte mich beobachten, wann und wie oft er wollte, denn ich musste immer bei Karin am Fenster vorbei wenn ich in meine Wohnung wollte.

Eines Tages, Karin und ich hatten uns schon eine Weile nicht mehr gesprochen, kam sie aus dem Klempnerladen zu dem ihre Wohnung gehörte und in dem sie stundenweise arbeitete, heraus als sie mich sah. Sie müsse dringend mit mir reden, sagte sie. Michael muss ausziehen. Es gab Ärger deswegen mit ihrem Freund und er könne, weil er sich ja wegen mir gegen seine Eltern gestellt hatte, auch nicht mehr dort hin. Also…..

ich müsse ihn wieder aufnehmen, denn wir wären ja noch verheiratet!

Das wollte ich nicht, denn das würde bedeuten, dass ich meine Kinder nicht aus dem Heim holen kann. Sie machten dort gerade eine Therapie um die Geschehnisse der vergangenen Jahre zu verarbeiten.

Verdammt, warum zog sich dass mit meiner Scheidung nur so lange hin!!

Karin war wütend, denn sie hatte sich mehr Verständnis von mir erhofft. Es war doch aber nicht meine Schuld dass sie Michael aufgenommen hat.

Eines Tages befand sich Michael in meiner Wohnung als ich aufschloss und bat mich freundlich und ruhig um ein klärendes Gespräch. Schließlich ging es um unsere Kinder und die brauchten ein Zuhause und…. Vater und Mutter. Er habe sich verändert und wird mich nie wieder schlagen. Die Kinder wollte er ebenfalls nicht mehr quälen, denn er habe in den letzten Wochen erst richtig gemerkt was wir ihm bedeuten. Neue Chance neues Glück, sollte es das wirklich geben? Ich ergab mich meinem Schicksal denn den würde ich im Leben nicht mehr loswerden.

Was ich nicht zu glauben wagte, traf jedoch ein. Michael hatte sich tatsächlich verändert! Er war ruhiger und gelassener. Wir konnten sogar miteinander lachen und Scherze machen. Die Jungs besuchten wir gemeinsam und regelmäßig. Bestandteil unseres Neuanfangs war es auch an der Therapie mit teil zu nehmen um den Ausrastern auf den Grund zu gehen. Sascha und Andi fanden langsam vertrauen zu ihrem Vater. Der spielte und tobte mit den beiden wie ich es mir immer gewünscht hatte. Er versprach ihnen sogar einen kleinen Hund wenn sie nach hause kommen und so kam es dass die beiden früher als geplant aus dem Heim entlassen werden konnten. Michael hatte inzwischen einen Job als Hilfsarbeiter bei einem Klempner gefunden mit dem er sich sehr gut verstand. Ich selbst hatte eine stundenweise Putzstelle im Büro des Wasserballvereins Schöneberg. Die Jungs waren im Kindergarten damit sie weiterhin soziale Kontakte hatten, denn es gab in unserer näheren Umgebung keine Spielplätze oder dergleichen. Es gefiel den beiden sehr gut dort; sie hatten sogar schon Freunde gefunden und sie hatten von Michael einen kleinen Schäferhund bekommen, wie er es ihnen versprochen hatte. Endlich war es so, wie ich es mir immer gewünscht hatte! Wenn alles so blieb, waren wir eine richtige kleine Familie. Doch es war dem leider nicht so.

Michael hatte sich mit seinem Chef angefreundet und sie waren bereits per Du. Wir verkehrten mittlerweile bereits privat mit ihm und so kam es, dass ich seine Lebensgefährtin kennen lernte. Klein, zierlich, verschüchtert und sofort aufspringend wenn ihr Mann im barschen Ton etwas von ihr forderte. Mein Gott, das war ich als es mit Michael noch so mies lief! Es war ein merkwürdiges Gefühl sie als mein Spiegelbild zu erkennen und es machte mich bedrückt sowie auch unendlich traurig.

Ich betrachtete sie nun genauer. Ihre Augen waren irgendwie leblos, kein Strahlen oder Funkeln; eher endlos traurig und resigniert. Eine Frau, die sich ebenso wie ich ihrem Schicksal ergeben hatte. Mir wurde schmerzlich bewusst wie kurzlebig das Glück sein konnte.

Die Vergangenheit holte mich schneller ein als ich es hätte mir träumen lassen. Michael und sein Chef, ich weiß seinen Namen nicht einmal mehr; mir ist nur in Erinnerung das er in der Nähe des Flughafens Tempelhof im vierten Stock wohnte, verbrachten sehr viel Zeit miteinander. Es gab keine Arbeit mehr und so frönten sie ihren Hobbys saufen und Waffen. Michael bekam sogar eine Pistole als Gegenleistung für seinen noch ausstehenden Lohn, der nicht bezahlt werden konnte. Langsam aber sicher verfiel Michael in sein altes Verhaltensmuster. Umgang formt den Menschen heißt es doch so schön. Seine Aggressionen Wuchsen von Tag zu Tag und die Angst wurde erneut mein ständiger Begleiter. Ich war froh, dass

Sascha und Andi im Kindergarten waren. Ich holte sie immer sehr spät ab und verbrachte noch ca. 2 Stunden mit ihnen auf dem Spielplatz im Park am Rathaus Schöneberg. Wir gingen erst nach hause wenn es Schlafenszeit wurde.

Im Schnelldurchlauf machte ich Abendbrot, badete sie und brachte sie zu Bett. Sie sollten so wenig Kontakt wie möglich zu Michael haben damit er keinen Grund hatte sich gestört zu fühlen und die Jungs zu schlagen.

Den kleinen Hund mussten wir ins Tierheim bringen. Er hatte in den Flur gepullert weil Michael zu faul war mit ihm runter zu gehen, woraufhin dieser ihn geschlagen und getreten haben muss, denn er jaulte als ich ihn streicheln wollte und zog winselnd seinen kleinen Schwanz ein.

Es war wie immer. Schläge, Vergewaltigung, Demütigungen, das volle Programm. Doch etwas war anders.

Michael hatte eine minderjährige Freundin die er mit zu uns brachte. Er hatte sie bei Jürgen Rossow kennen gelernt.

Jürgen war der, bei dem sich Michael versteckt hatte nachdem er meiner Mutter vier Zähne ausgeschlagen hatte. Bei dem waren ständig junge Mädels. Er stand auf junges Blut und die kamen gerne zu ihm denn es gab Zigaretten und Alkohol umsonst! Jürgen war über vierzig und seine Freundin Margitta war fünfzehn. Sie war die Tochter, der Freundin meiner Mutter mit der wir in einem Haus gewohnt und zusammen gespielt haben.

Michael wollte unbedingt Sex mit ihr und mir zusammen haben. Die Kinder schliefen schon und ich wollte auch nicht dass sie wach werden, also verneinte ich sein Vorhaben leise.

Michael riss mir mal wieder die Kleider vom Leib und vergewaltigte mich in allen Variationen vor den Augen seiner Freundin, die gebannt zuschaute.

Als er endlich von mir abließ lief mir das Blut aus dem After und ich konnte vor Schmerzen weder aufstehen noch laufen.

Ich musste mit ansehen, wie er ihr gegenüber zärtlich wurde

und den Akt sanft vollzog. Langsam kroch ich aus dem Wohnzimmer ins Kinderzimmer. Ich wollte nur noch allein sein, wusste aber nicht wohin. Die Jungs waren alles was ich hatte und kurioser Weise suchte ich Schutz und Nähe bei ihnen.
Dieses Mädchen habe ich nie wieder gesehen. Vielleicht hatte sie sich ihm ja nur aus Angst hingegeben? Michael hat sie gesucht, doch nirgends war sie zu finden. Vielleicht hat ja ihre Oma sie woanders untergebracht damit Michael ihrer nicht mehr habhaft werden kann.
Aus dieser Vergewaltigung ging eine Schwangerschaft hervor.

Michael ging nun wieder dazu über mich und die Kinder wie Gefangene zu halten. Es war mir kaum möglich etwas allein zu machen. Selbst zum Kindergarten kam er mit, damit ich ihm nicht wieder abhauen kann, wie er so schön zu sagen pflegte.

Ich war bereits Anfang vierten Monat als die Schwangerschaft festgestellt wurde. Für mich war das ein Schock. Wie sollte ich ein Baby ruhig stellen damit sein Weinen den Vater, nein, den Erzeuger nicht stört? Ich wusste mal wieder keinen Rat. Michael sagte ich erst nichts. Ende des vierten Monats konnte ich es nicht mehr verheimlichen. Mein Bauch wölbte sich schon und ich musste mich immer öfter übergeben.
Bei allen Schwangerschaften begann die Übelkeit mit Ende des vierten Monats und ich musste mich bis zur Geburt regelmäßig 1-2 Mal die Woche übergeben.
Michael war wütend als er mich im Bad dabei erwischte, wie ich mich übergab. „Dieses Gör wirst Du nicht behalten sonst bringe ich Dich und deine ganze Brut um", schrie er mit sich fast überschlagender Stimme. Ich versuchte die Situation etwas zu entschärfen indem ich all seine Forderungen bejahte.
Am nächsten morgen brachten wir Sascha und Andi in den Kindergarten und gingen zum Rathaus Friedenau zur Adoptionsstelle. Dort sagte man uns, dass die Babys einer genauen Untersuchung unterzogen werden um eventuelle kriminelle

sowie auch genetisch abnorme Charakteristika auszuschließen.
Die Kinder sind dann in der Regel fast ein Jahr alt wenn sie
adoptiert werden können; dann sei es jedoch erschwert ein
Kind zu vermitteln da es bereits zu alt sei.
Das waren Aussichten denen ich mein Kind nicht aussetzen
wollte. Ein ungeborenes Kind hat nicht um sein Leben gebettelt und niemand hat das Recht es seiner Zeit, die wichtig für
sein späteres Leben ist, zu berauben! Babys brauchen Liebe
und Geborgenheit damit sie später ebenfalls fähig sind zu
fühlen und zu lieben. Es ist schon schlimm genug, dass mir
dieses Glück nicht zuteil wurde und seine Brüder eine Mutter
haben, die unfähig ist ihnen ein Nest zu geben. Hier musste
etwas geschehen. Dieses Kind sollte behütet aufwachsen koste
es was es wolle!
Michael brauchte mir also gar nicht zu drohen, ich wusste
selbst was ich zu tun hatte!

Am nächsten Tag, ich war putzen und wollte eine Pause machen, als mir eine Zeitung „Heim und Welt" in die Augen
sprang. Solche Zeitungen interessierten mich normaler weise
gar nicht, aber ich nahm sie und blätterte sie durch. „Schwedi-
sches Ehepaar sucht Baby zu adoptieren", dahinter die Telefonnummer. Diese Zeilen schienen extra dick gedruckt. Es war
mir als wenn dies ein Wink des Schicksals war. Ich griff das
Telefon und rief diese Nummer an. Eine freundliche sanfte
Stimme meldete sich und ich erzählte ihr von meinem ungebo-
renen Baby, für das ich ein schönes Zuhause suchte.
Edith, so hieß die Frau, erzählte mir, dass sie und ihr Mann
Kai leider keine Kinder bekommen können, es jedoch ihr
sehnlichster Wunsch sei ein Baby zu haben.
Wir telefonierten immer wieder und machten ab, dass meine
Mutter sie anruft, wenn ich im Krankenhaus bin und sie dann
mit Kai losfahren kann.

Ich habe während dieser Zeit versucht meine Gefühle als
Mutter auszuschalten damit es mir leichter fällt mein Kind

weg zu geben. Es war eine anstrengende Zeit zumal Michael mir und den Jungs das Leben auch nicht gerade leicht gemacht hat. Wir haben versucht unsichtbar für ihn zu sein, so würde ich es aus heutiger Sicht betrachten.

Ostern war es dann wieder einmal so weit. Die Jungs haben ihre Osterkörbchen gesucht und wir wollten nun zusammen frühstücken. Andi saß in seinem kleinen Hochstuhl und versuchte sein Osterei zu öffnen. Es war so ein großes buntes Pappei mit kleinen Hasen und Küken drauf. Es bestand aus zwei Hälften, die innen hohl waren damit man Süßigkeiten darin verstauen kann.

Es war das erste Osterfest was Andi mit fast zwei Jahren bewusst erlebte und es sollte ein schönes Erlebnis für ihn werden.

Michael verbot dem Kleinen das Ei vor dem Frühstück zu öffnen. Doch versteht so ein kleiner Wicht denn überhaupt was gemeint ist? Nein. Als er nicht sofort reagierte schlug Michael ihm das Ei aus der Hand und schlug sofort noch einmal so heftig zu, dass Andi in hohem Bogen aus seinem Hochstuhl flog und leblos neben dem Ofen liegen blieb. Michael rannte aus dem Zimmer, kam zurück und bedrohte mich und die Kinder mit der Pistole. Starr vor Angst wusste ich nicht was ich tun sollte. Drückte er ab, wenn ich zu Andi ging? Erschießt er uns? Andi weinte leise. Sascha war bleich wie eine Kalkwand und zu Eis erstarrt. Michael verließ fluchtartig die Wohnung. Ich griff mir die Kinder, verließ ebenfalls die Wohnung und wollte nur weg bevor Michael zurückkam.

Wieder brachte ich die Jungs ins Hauptkinderheim. Das war der einzige Ort an dem sie in Sicherheit waren.

Weinend lief ich danach durch die Straßen. Ich wusste nicht wohin.

Irgendwann fand ich mich in der Ebersstraße wieder und ging wie mechanisch in meine Wohnung zurück. Was soll's, egal was jetzt auch passiert, ich war am Ende. Körperlich sowohl als auch seelisch. Was immer jetzt auch passieren mochte, es war mir egal. So konnte es doch nicht weitergehen.

Michael kam irgendwann nachts zurück. Er sagte kein Wort, legte sich ins Bett und schlief ein. Ich fasste den Entschluss noch einmal eine Anzeige wegen Körperverletzung zu erstatten und schlief erschöpft auf dem Sessel ein.

Wir redeten nicht mehr miteinander. So ging es bis einige Tage später die Wehen einsetzten und ich mit dem Krankenwagen in das Wenkebach Krankenhaus gebracht wurde.
Es wurde eine lange und schwere Geburt. Es war wie damals als ich Andi gebar. Mein Körper schien sich gegen die Geburt zu wehren, damit ich mein Kind nicht weg geben musste. Erst als man in Erwägung zog einen Kaiserschnitt zu machen, ließ ich der Natur ihren Lauf und gab mein Kind frei.
Unter der Geburt kam es dennoch zu Komplikationen. Ich bekam Nervenfieber und wurde von Weinkrämpfen geschüttelt. Niemand konnte mich beruhigen.

Am nächsten Tag erschien Michael. Mein Essen stand unberührt an meinem Bett. Er stürzte sich darauf und verschlang es in gierigen Happen. So voll gestopft erinnerte er mich noch einmal daran das er den Balg umbringt wenn ich mich wage ihn zu behalten und mit nach hause bringe. Im Übrigen solle ich faule Sau meinen Arsch aus dem Krankenhaus bewegen, ich hätte lange genug Urlaub gehabt! Apathisch lag ich in meinem Bett und blickte durch ihn hindurch. Die anderen Frauen informierten den Arzt, der wiederum dann das Gespräch mit mir suchte. Auch durch ihn blickte ich hindurch. Mir war egal was der sagte. Mir war einfach alles egal!

Am späten Nachmittag kam die Krankenhauspsyschologin. Sie erklärte mir, dass ich keine schlechte Mutter bin, nur weil ich zum Wohle des Kindes entschieden habe es adoptieren zu lassen. Ich müsste meine Gefühle als Mutter hinten anstellen und nur an den Kleinen denken. Ich würde doch nicht wollen, dass er das gleiche durchmachen muss wie meine beiden anderen Söhne.

Als sie gegangen war wurde ich sehr nachdenklich, konnte mich jedoch noch immer nicht dazu durchringen mein Kind weg zu geben.

Der Wendepunkt kam, als Edith und Kai aus Schweden angereist waren. Edith saß an meinem Bett, packte aus einem kleinen braunen Köfferchen selbst gestrickte oder gehäkelte Babysachen aus.

Sie streichelte mich und sagte: „ Roswitha, Du hast Dein Kind neun Monate unter dem Herzen getragen. Ich verstehe wenn Du sagst Du möchtest Dein Kind nicht hergeben. Wir sind Dir dann nicht böse und fahren zurück nach Schweden".

Das brachte den Umbruch. Diese Menschen waren gut und würden meinem Kind all das geben wozu ich nicht fähig war. Ruhe, Geborgenheit und Liebe.

Ich habe geweint und ihr meinen Entschluss mitgeteilt. Von diesem Augenblick an habe ich aus Selbstschutz einen Panzer um mich herum aufgebaut, damit ich standhaft bleibe und meinem Kind eine bessere Zukunft ermögliche.

Eigentlich sollte ich wegen meines Gesundheitszustandes noch einige Tage in der Klinik bleiben, jedoch erfordern ungewöhnliche Umstände ungewöhnliches Handeln!

Eine Schwester kam morgens ganz aufgeregt in `s Zimmer: „Frau Vogt, Sie müssen sofort mit Ihrem Sohn die Klinik verlassen! Das Jugendamt kommt und will den Kleinen abholen und in ein Kinderheim bringen. Beeilen Sie sich, der Kleine ist schon fertig. Dr. … hat ihn untersucht und er kann entlassen werden. Die Papiere können Sie abholen, es ist alles fertig. Viel Glück!"

Es blieb keine Zeit um nachzudenken oder zu zögern, ich musste handeln. Michael war natürlich zur Stelle und wollte

unbedingt mitkommen. Ich könnte ja mit nach Schweden gehen und dann würde er meiner nie wieder habhaft werden. Auf
den Gedanken wäre ich nie im Leben gekommen, denn ich
hatte meine beiden Jungs die hätte ich nie im Leben hier zurück gelassen!!

Wir fuhren mit Edith und Kai Richtung Dänemark. Ich habe
den beiden Patrick anvertraut und erklärt worauf sie achten
müssen. Den Namen haben Edith und Kai ausgesucht. Ohne
Namen hätten wir keine Geburtsurkunde bekommen. Als wir
die Zonengrenze um Berlin passiert hatten, konnte nichts mehr
passieren. Aber wir waren noch längst nicht in Sicherheit. Wir
müssten ja noch bis nach Flensburg um mit der Fähre nach
Schweden übersetzen zu können. Bis dorthin könnte das Jugendamt uns immer noch erreichen und uns Patrick fortnehmen.
Damit es für den Kleinen nicht so stressig ist, haben wir in
einem Hotel übernachtet und sind am nächsten Morgen weiter
gefahren.
Soweit ich mich erinnern kann, sind wir noch mit auf die
Fähre, sind aber nicht mit ausgestiegen sondern gleich wieder
zurück nach Flensburg. Edith und Kai gaben uns noch Geld
für die Bahnfahrkarten und für eine Hotelübernachtung.

Wieder in Berlin angekommen wartete bereits das Jugendamt
mit der Polizei auf mich. Ich wurde angeklagt weil ich angeblich mein Kind verkauft hätte. Da Patrick über das Jugendamt
in einem > Heim < untergebracht werden sollte, habe ich mich
der Kindesentführung schuldig gemacht. Das war ein Schock.
Als es darum ging mir und meinen Söhnen Sascha und Andi
zu helfen, sah sich kein Jugendamt imstande dies zu tun. Nun
habe ich mir selbst geholfen und bin zur Straftäterin geworden. Was ist das für eine Gerechtigkeit?

Michael ist übrigens zu 1500 DM Geldstrafe verurteilt worden, worauf 1200 DM für unerlaubten Waffenbesitz waren und 300 DM auf die Zweifache Kindesmisshandlung!!!!!

Das ist unser Staat.

…

Wieder Kontakt zu Irmi

Es geschehen schon merkwürdige Dinge im Leben. Die Frau, die mir damals immer geholfen hat wenn ich arbeiten musste und nicht wusste was ich mit Sascha machen sollte, ist gestorben. Es ist die Mutter meiner damaligen Freundin Gela.

Gela war ja einige Zeit lang sehr verliebt in Michael. Ob die beiden miteinander geschlafen haben weiß ich nicht, würde es aber nicht ausschließen, denn es gab ja kaum ein weibliches Wesen, das seinem Charme widerstehen konnte!

Ein wenig verwirrend was jetzt kommt, aber es gehört dazu und hängt mit meiner zweiten Ehe zusammen, die nicht viel anders als die mit Michael (Vogt), verlaufen ist.

Meine Schwester Martina hatte eine Freundin die Irmi. Irmis Bruder, welch ein Hohn, war auch ein Michael, auch Micki genannt, den ich nachdem er mich bei Vogt herausgeholt hat, geheiratet habe; aber davon später im 2. Teil meiner Geschichte.

Jedenfalls hat Irmi den Bruder von Gela, namens Uwe durch mich kennen gelernt und auch geheiratet und so bestand in gewissen Abständen immer wieder Kontakt. Irmi war mir ja sehr ans Herz gewachsen, denn sie hat mir damals, obwohl erst 12 jährig auch immer wieder bei meinen diversen Fluchtversuchen geholfen. Wir hatten uns vor einigen Jahren gestritten und keinen Kontakt mehr gehabt.

Vor ca. 1 Woche meldete sich Gela bei mir um mir im Namen ihres Vaters für meine Beileidskarte zu danken. Da sie meine Telefonnummer über Irmi bekam entstand endlich wieder Kontakt. Ich dachte ja Gela hätte noch Fotos von damals, denn ich wollte Patrick eins von seinem Vater zukommen lassen, aber sie sagte sie hat keine mehr. Nun gut.

Gestern haben Irmi und ich miteinander gefrühstückt und ich habe ihr von meinem Buch erzählt. Natürlich sind da noch so einige Dinge erläutert worden und ich habe Irmi angeboten, so wie auch meinen Söhnen, ihren Teil der Erinnerungen mit in mein Buch einzubringen.

Der Kontakt zu Irmi macht mich froh, denn ich habe sie doch sehr vermisst. Sie hat mir geraten nicht zu lange mit dem weiter Schreiben zu warten. Ich habe darüber nachgedacht und sie hat Recht. Ich versuche wieder zu verdrängen. Nein, das darf nicht geschehen und das will ich auch nicht zulassen, denn es ist nicht nur gut für mich, sondern auch für meine Kinder Patrick, Sascha und Andi, denn die haben ein Recht darauf zu erfahren was damals los war und Sascha sowie auch Andi sollen erfahren warum sie heute so sind wie sie sind.

Wir alle haben Schäden seelischer wie auch physischer Natur davon getragen und es ist für unser Umfeld sowie auch für unsere Partner nicht immer leicht damit umzugehen.

Sascha ist wie ich damals, er frisst alles in sich hinein und ist mit seinem Leben so unzufrieden, dass er es nicht schafft sein Leben so zu gestalten, dass es für ihn lebenswert ist.

Andreas ist das genaue Gegenteil. Er hat sich nicht immer unter Kontrolle und macht bei Problemen dicht, reagiert jedoch meist sehr aggressiv.

Ich selbst bin seit Jahren in Therapie. Irgendwann hat es bei mir Klick gemacht und ich war nicht mehr bereit mir etwas gefallen zu lassen. Ich habe meine Impulse nicht mehr unter Kontrolle und schlage sofort zu wenn ich mich bedroht fühle. Dabei ist es mir egal, ob es ein Riese von Mann ist und ich mit Konsequenzen rechnen muss. Ich lasse keine Angst mehr zu! Egal was auch kommen mag. Eine Frau von 56 Jahren, die Männer männermäßig schlägt. Was für ein Hohn.

Teil 2

Einleitung

Liebe Leser,

wie schon zum Ende des ersten Teils angekündigt habe ich mich entschlossen weiter zu schreiben.

Hier nun der nächste Teil meiner Reise.

Nach anfänglichem Glück nahm alles ein jähes Ende.
Micki übertraf Michael nicht an Brutalität, jedoch an Perversion. Ich dachte in seiner Familie hätte ich die Familie gefunden die ich nie hatte, aber offensichtlich war es mir nicht vergönnt wirkliches Glück zu erleben.
Ich bin nun seit 16 Jahren mit MIKE!?!?! zusammen und davon fast 8 Jahre verheiratet. Es sollte wohl mein Schicksal sein, das ein Mike-Michael mir zeigt dass es auch anders geht. Mike ist 17 Jahre jünger als ich und gerade mal ein Jahr älter als mein ältester Sohn Sascha.
Er muss viel aushalten mit mir, denn es gibt Situationen wo die Angst mit großen Krallen nach mir greift. Immer wieder sagt er dann: „Du ich bin weder Michael noch Micki! Du brauchst keine Angst vor mir haben!!!!"

Ich will einmal eine solche Situation schildern:

Vor einigen Tagen, Mike hatte von der Beilage einer Computerzeitschrift neue Programme auf den Rechner gezogen und kam plötzlich nicht mehr ins Netz. Ich bekam mit, wie er immer nervöser wurde und fluchte. Mir wurde ganz unwohl zumute und ich fragte immer wieder ängstlich was los sei. Mein Herz raste und ich wäre am liebsten aus dem Haus geflohen, als mir mein Zustand bewusst wurde. Ich hatte Angst!
Diese Situation erinnerte mich unweigerlich an vergangene Situationen. So fing es immer an kurz bevor ich dann Prügel bezog. Doch Mike hat mich noch nie geschlagen. Im Gegenteil, ich war die jenige die auf ihn losging wenn er etwas gegen meine Kinder vorbrachte oder mal ärgerlich auf mich war.
Lange habe ich ihn so provoziert um, mein AHA-ERLEBNIS wieder einen brutalen Mann erwischt zu haben, zu erleben. Oftmals ergeht es mir auch so in Andi´s Anwesenheit. Er hat den Jähzorn und die Unberechenbarkeit seines Vaters geerbt.

Ich weiß nicht, wie ich aus diesem Teufelskreis der Gefühle jemals rauskommen soll! Viele Jahre befinde ich mich nun schon in Psychologischer Behandlung, doch ich schaffe es einfach nicht.
Vielleicht bringt das Schreiben mir die innerliche Ruhe, die ich so dringend brauche.
Ich bin an Fibromyalgie erkrankt und seit 1997 berentet.
Mit nun 56 Jahren muss ich doch endlich begreifen, dass auf die frühe Hölle nun ein spätes Glück erfolgt.

Herzlichst eure Roswitha (Witchboard)

Ein Lichtblick für kurze Zeit

... Tja, so war es.

Michael war froh ohne Kind wieder in Berlin angekommen zu sein und ich musste mich vor dem Jugendamt rechtfertigen.

Ich weiß gar nicht wie die auf den Gedanken gekommen sind ich hätte mein Kind verkauft.

Angeblich gab es ja genügend Eltern die in Deutschland ein Kind adoptieren wollten. Wie kann es dann sein, das die Kinder so lange in Heimen untergebracht sind?

Fragen über Fragen aber keine logisch klingenden Antworten.

Ich war längst von Michael weg, als es in Neukölln zu einem Prozess kam. Das Jugendamt Schöneberg war als Anklagevertreter anwesend und ich war allein dort. Einen Anwalt konnte ich mir nicht leisten und ich dachte auch, ich könne mich selbst gut genug verteidigen. Ich hatte jedenfalls ein gutes Gefühl was den Ausgang des Prozesses anbetraf.

Das Glück war mir hold. Ich hatte eine Richterin, der man nach 15 Jahren die Pflegetochter nahm, weil die Eltern nie zu einer Adoption bereit waren und plötzlich nach so vielen Jahren glaubten fähig zu sein ihr Kind zu versorgen.

Nach der Ansprache des Jugendamtes musste ich mit der Richterin in einen Nebenraum gehen. Sie wollte mit mir allein reden um den Sachverhalt genau zu erfahren und dann zu prüfen.

Zu diesem Zeitpunkt hatte ich noch Kontakt zu Edith und Kai und hatte auch Fotos von Patrick, die ich der Richterin zeigte.

Sämtliche ärztlichen Atteste und Klageschriften meiner Anzeigen gegen Michael sowie auch Schriftstücke hatte ich dabei. Ich übergab alles der Richterin. Diese vertagte zur genaueren Recherche den Termin und beraumte einen neuen für 7 Tage später an.

Der neue Termin war schneller vorüber als ich es gedacht hatte.

Unter Bezugnahme auf ihr eigenes Schicksal und der Bestätigungen, zum Beispiel des Wenkebach Krankenhauses, wurde ich von dem Vorwurf des Kinderhandels freigesprochen und das Jugendamt Schöneberg musste sich in einem der Öffentlichkeit zugänglichen Widerrufes bei mir entschuldigen.

Nun weiter mit der Trennung von Michael und dem Beginn einer Beziehung mit meinem späteren Mann, der ebenfalls Michael hieß, von allen aber Micki genannt wurde.

Ich kannte ihn ja schon länger, denn er war der Bruder von Irmi. Ich hatte lange von ihm und seiner Familie nichts gehört. Eines Tages, ich war mit Sascha und Andi gerade auf dem Weg zu meiner Mutter, stieg ich S-Bahnhof Hermannstraße aus und lief ganz in Gedanken die Treppe zum Ausgang nach oben, vor mir lief Micki.

Ich war ja mal verliebt in Micki und so sagte ich ganz leise wie zu mir selbst: MICKI.... Er konnte es eigentlich gar nicht hören, doch plötzlich drehte er sich um und lächelte mich an. Ich blieb wie vom Donner gerührt mitten auf der Treppe stehen und starrte ihn an. Er kam auf mich zu, begrüßte mich und die Jungs; so kamen wir dann ins Gespräch.

Ich erzählte ihm was mir in den Jahren so passiert war und er erzählte mir was bei ihm so los war. Es tat mir gut mit ihm zu reden, doch für meine Jungs war es natürlich langweilig so auf der Straße zu stehen und nichts tun zu können. Micki fragte mich ob er mich wiedersehen darf und ich sagte ja.

Wir trafen uns dann regelmäßig bei seinem Freund Marlon. Mit jedem Treffen gewann er mehr und mehr die Zuneigung von Sascha und Andi und letztendlich auch die meine.

Eines Tages sagte er, dass er nicht will, dass ich zurück in meine Wohnung gehe. Ich sollte mit den Jungs bei ihm bleiben. Das war jedoch nicht so einfach, denn er wohnte ja in Marlon´s Wohnung. Wir beschlossen, dass ich Sachen für die

Jungs zusammen packen sollte, und sie am Montag nicht in den Kindergarten bringen sollte, sondern das er am Kindergarten auf mich wartet und wir dann gemeinsam fort gehen. Micki war Binnenschiffer von Beruf. Er hatte in der Zwischenzeit wieder auf einem Tanker der Reederei Burmester angeheuert und zur Bedingung gemacht, dass seine zukünftige Frau mit ihren 2 Kindern mit an Bord kommen darf. So geschah es dann auch.

Mir zitterten die Knie als ich alles wie besprochen vorbereitete. Ich hatte natürlich Angst, dass Michael etwas mitbekommen und unseren Plan vereiteln könnte. Es ging alles glatt. Morgens, er schlief ja immer noch wenn ich die Jungs für den Kindergarten fertig machte, zog ich die beiden ohne waschen und Zähneputzen an, griff meine Plastiktüte mit Wechselwäsche und verließ leise die Wohnung. Puh, der erste Schritt war getan. Nun noch weiter zum Kindergarten. Das war ein ganz schöner Weg. Ich zog und zerrte die Jungs hinter mir her und ging die Angst im Nacken Michael könne plötzlich hinter uns herlaufen, Schleichwege bis zum Kindergarten. Micki wartete schon ungeduldig. Es hatte länger gedauert weil ich andere Wege gelaufen bin als sonst. Mit dem Taxi sind wir dann sofort zum Hafen Spandau gefahren und an Bord gegangen.

Die Freiheit lag vor uns, doch ich konnte sie nicht spüren! Der Schiffer hatte schon auf uns gewartet, denn die Ladung war gelöscht und er wollte ablegen.
Unsere erste Fahrt auf dem Schiff Clemens Burmester ging nach Hamburg um Heizöl zu laden. Mulmig wurde mir noch einmal; und zwar als die Grenzkontrolle der DDR an Bord kam und meine Papiere besonders lang, so fühlte ich es zumindest, studierte.

Michael hat mich überall gesucht. Er hat sogar „Terres des Homes" eingeschaltet. Hinterlassen hat er mir eine riesige

93

Telefonrechnung, die ich begleichen musste denn das Telefon lief auf meinen Namen.

Er hat Mickis Familie bedroht, mich wegen Kindesentführung versucht anzuzeigen, doch vergeblich ...

... ich war und blieb weg!

Am Tag als ich im März 1978 Micki geheiratet habe, erfuhr ich dass Michael meine Freundin Karin geehelicht hatte.

Sie soll es bei ihm auch nicht gut gehabt haben. Wir haben mal telefoniert und sie erzählte mir klagend: Er hat sie auch betrogen, geschlagen und gewürgt. Arme Karin.....hättest Du mir doch nur geglaubt. Es wäre Dir viel erspart geblieben.

Schlussstrich, woher kam die Kraft?

Bevor ich mein Leben mit Micky beschreibe, möchte ich erst einmal erklären, wie es zu der endgültigen Trennung von Michael kam.
Ich habe so viele Dinge in meinem Kopf vergraben und verschlossen, die raus müssen aber nicht immer präsent und abrufbar sind. Ich glaube das ist eine Schutzfunktion der Seele damit man nicht verrückt wird.

Ich hatte mich nach der Trennung von meinem Kind und Edith und Kai so weit zurückgezogen, dass irgendwie nichts mehr an mich heran kam. Ich war Michael in allen Dingen zu Willen und ließ über mich ergehen was er mit mir tat.

Bei der Nachuntersuchung, bei meinem Frauenarzt stellte sich heraus, dass ich erneut ein Kind erwartete.
Was habe ich gefühlt? Ich weiß es nicht! Auch wenn es diesmal keine direkte Vergewaltigung war, so war es doch für mich ein Akt der Gewalt denn ich war handlungsunfähig und zu keiner Gegenwehr fähig. Mein Arzt riet mir mich an eine Einrichtung zu wenden, die Schwangerschaftsabbrüche den Gesetzgebern gegenüber vertraten und mir helfen würden, einen legalen Abbruch vornehmen zu lassen.
Die schickten mich zum Mehringdamm in Kreuzberg zu einem Arzt, der Belegbetten in einem kleinen Krankenhaus hatte und der den Abbruch vornehmen würde. Dort ist mir etwas ganz merkwürdiges passiert!

An einem Montag wurde der Abbruch vorgenommen und es ging wohl alles ohne Komplikationen ab. Nach der Kürettage jedoch hörte ich nicht auf zu bluten. Also wurde ich am Mittwoch darauf erneut kürettiert, denn man nahm an, dass der Mutterkuchen nicht völlig entfernt wurde und mein Körper nicht die Kraft und Energie hatte dieses Problem auf natürlichem Weg zu lösen. Nach der zweiten OP hörten die Blutungen jedoch auch nicht auf und so wurde ich am Freitag erneut operiert. Drei OP`s innerhalb einer Woche, das war ganz schön heftig.

Ich lag auf dem OP Tisch und erhielt meine Narkose. Komisch, ich hatte zwar das Gefühl keine Gewalt über meine Extremitäten zu haben, konnte jedoch jedes Wort klar und deutlich hören was die Narkoseärztin mit dem Operateur wechselte. Es war nicht gerade nett, was ich da zu hören bekam. " Was ist das für eine Frau? Kaum das eine Kind raus schon das nächste Kind drinnen!" Dr. M. verbot sich diese Redensarten, denn sie wüsste nicht was der Patientin alles passiert ist!
Ich fühlte einen kalten Ritz über meinen Bauch und wollte schreien, dass sie aufhören sollten. Halt, ich merke alles, aufhören, aufhören, was macht ihr da? Merkt denn keiner dass ich noch wach bin? Ich wollte meine festgeschnallten Arme losreißen und von dem OP Tisch springen, doch mein Körper gehorchte mir einfach nicht! Das Letzte was mir bewusst wurde war, das ein dicker Kloß in meinem Mund in Richtung meines Halses wanderte und mir das Atmen so erschwerte, das ich keine Luft mehr bekam. Die Hektik, die plötzlich um mich herum entstand, nahm ich nur noch so wahr, als wenn jemand alles ganz lang zieht und die Worte wie in Zeitlupe gesprochen in weit Ferne rückten.

Was war das? Meine Angst war weg. Ich fühlte mich so wohlig und warm, einfach behütet als wenn ich in Watte eingetaucht wunderschöner Musik lauschend schwebte. Ich kam an ein Tor hinter dem ich eine wunderschöne Landschaft sah und in der für mein Gefühl Frieden und Harmonie herrschte. Alles was um mich herum und hinter mir war, war in weißen Nebel getaucht und ich war allein. Das Tor hatte die Form eines Rundbogens und war wunderschön verziert. Es war von einer

Mauer aus noch kompakterem Nebel umgeben. Ich wollte hinter dieses Tor, konnte es jedoch nicht öffnen.

Plötzlich stand mein kurz vorher an einem Motorradunfall verstorbener 17 jähriger Schwager Peter vor mir. Er sagte, dass meine Zeit noch nicht gekommen ist und meine Söhne mich brauchen. Außerdem wird mein größter Wunsch einmal eine Tochter zu haben erfüllt und ich werde glücklich werden, auch wenn es momentan nicht den Anschein danach hat. Ich wollte gar nicht zurück und war traurig darüber.

Das an was ich mich danach erinnere ist das Dr. M. an meinem Bett stand und sagte:" Frau Vogt, was haben Sie sich denn dabei gedacht, Sie können sich doch nicht so einfach aus dem Leben stehlen. Denken Sie doch an ihre Kinder, die brauchen Sie doch noch!"

Er erklärte mir was passiert war. Meine Zunge war nach hinten gerutscht und ich war kurze Zeit klinisch tot. Als ich ihm sagte, dass ich alles rund um die OP mitbekommen habe, hat er das mir einer Handbewegung abgetan und gelächelt. Doch als ich ihm den Verlauf des Gespräches wiedergab, wich alle Farbe aus seinem Gesicht und er verließ hastig ohne ein Wort das Krankenzimmer.

Ich glaube, das dass Erscheinen von Peter meine Lebensgeister geweckt hat und mir gezeigt hat das es immer einen Ausweg gibt auch wenn es einem noch so ausweglos erscheinen mag. Ich habe damals mit niemandem über mein Erlebnis gesprochen. Ich hatte Angst das man denken könnte ich hätte meinen Verstand verloren.

Später, als ich meine Fachschulausbildung zur Altenpflegerin gemacht habe, wurde mir bewusst, dass es Dinge zwischen Himmel und Erde gibt, die nicht zu erklären sind. Der Grundstein für mein Interesse an paranormalen Phänomenen war damit gelegt.

Ich war von da an fast nicht mehr in meiner Wohnung in der Ebersstraße.

Meine Kinder und ich waren nun häufig bei meiner Mutter wenn mein Vater arbeiten war. Die beiden Jungs wurden noch mehr zu meinem Lebensmittepunkt als sie es vorher schon waren. Michael war wieder öfter bei Karin und das war gut für mich. Er hat mich nach diesem Krankenhausaufenthalt nie wieder sexuell berührt. Ich habe ihm erzählt dass ich eine erneute Schwangerschaft nicht überstehen würde. Eine barmherzige Lüge aus der Not heraus geboren.

Zweite Ehe gleiches Schicksal

Nachdem wir endlich durch die Grenze waren, ging es mir besser. Micki war sehr lieb zu den Jungs. Er hat sie sogar mit in seinen heiß geliebtem Maschinenraum genommen und ihnen erklärt wie so eine Maschine funktioniert damit das Schiff fahren kann.
Viel unternehmen konnten wir nicht, denn es war noch relativ kalt und es gab nicht viele Orte in der DDR wo Schiffer auch mal an Land gehen konnten.

Ich war ja nun tatsächlich mittellos und so hat Micki die Kinder und mich ernährt. Einmal, wir hatten in Geesthacht angelegt, war ich einkaufen. Ich hätte so gerne noch etwas Unterwäsche für die Jungs gekauft, denn an Bord ist die Wäsche so schlecht getrocknet. Da es nicht mein Geld war und ich mich ohnehin was Finanzen anbetraf nicht so wohl gefühlt habe, hatte ich natürlich nichts gekauft.
Wieder an Bord angekommen, erzählte ich Micki davon und der hat mich nur ausgelacht. „ Du putzt und kochst für mich, hältst meine Wäsche in Ordnung, da wirst Du doch wohl für die Kinder und Dich kaufen können wenn Dir etwas gefällt!" Sprachs und duldete keinerlei Diskussionen mehr.

Alles lief relativ gut. Michael hat zwar Mickis Familie bedroht und beschimpft, aber niemand hat ihm verraten wo ich mit den Kindern war. Ich hatte mich nirgends polizeilich angemeldet um ganz sicher zu gehen, dass ihm das Jugendamt oder dergleichen nicht erneut meine Adresse verrät. Wir waren ja inzwischen geschieden und ich hatte das Sorgerecht. Aber......
ich habe dem Zugestimmt das, dass Jugendamt die Vormundschaft über die Jungs bekommt, damit ich mich nicht mit Michael wegen des Unterhaltes auseinander setzen muss und dass meine Kinder besser vor ihm geschützt waren wenn von Amts wegen jemand die Hand über sie hält! Trotzdem war es

nicht ganz so einfach wie ich es mir vorgestellt hatte. Ich bedurfte, um mit den Jungs Berlin verlassen zu können, der Zustimmung des Jugendamtes und die hatte ich mir unwissend darüber, nicht geholt. Also hatte ich mich doch tatsächlich der Kindesentführung schuldig gemacht! Ich weiß nicht wie das heute so mit den Ämtern abläuft, aber damals war es die reinste Katastrophe.
Nun denn, ich musste eh das Schiff verlassen, denn es sollte Leichtbenzin geladen werden und da durften die Kinder nicht mit an Bord sein.

Ich zog also kurzfristig zu Marlis, eine von Mickis Schwestern, mit der ich mich sehr gut verstand. Sie war mit ihren fünf Kindern auch allein, denn Hans ihr Mann war ebenfalls Binnenschiffer bei Burmester. Wir haben mit zwei Erwachsenen und sechs Kindern in einer Zweizimmerwohnung gewohnt und es uns so gemütlich wie nur möglich gemacht. Claudia, die eine Tochter von Marlis war bei den Großeltern und somit hatten wir einen Sack mit sechs Flöhen zu hüten.
Es war nicht immer leicht und eigentlich wollte ich ja meine eigene kleine Familie in meinen eigenen vier Wänden. Aber erst einmal wollte Micki mich heiraten.
Gesagt getan, im März haben wir uns das Jawort gegeben und ich war glücklich endlich meinen Hafen gefunden zu haben.

Am Tag meiner Hochzeit erfuhr ich, dass Michael und Karin ebenfalls geheiratet hatten. Trotz allem was er mir angetan hat, war das ein komisches Gefühl. Aber nur ganz kurz!

Micki hat sich beurlauben lassen, denn wir wollten uns ja auch eine Wohnung suchen und so schnell als möglich dort einziehen.
In der Lenaustraße, Grenze Neukölln / Kreuzberg haben wir dann eine 1,5 Zimmerwohnung ohne Bad, dafür aber mit Innentoilette gefunden, die auch noch mit einer Hauswartstelle gekoppelt war, so das wir mietfrei mit 150 DM Zuzahlung

wohnen konnten. Schnell renoviert und dann ab in unser trautes Heim.

Wieder bei Marlis angekommen, erzählten wir von unserem Glück. Micki wollte, sofort wieder los, noch Kumpels besuchen, was mir natürlich nicht gepasst hatte. Ich wollte ihn stets und ständig 48 Stunden um mich haben. So gab es den ersten Streit. Ich bin richtig hysterisch geworden und habe ihn beschimpft was für ein Ehemann er sei, der seine Frau einfach alleine lässt und so weiter und so fort. Platsch hat es gemacht und er hat mir rechts und links eine geschallert, damit ich wieder auf den Teppich komme.

Was war plötzlich los mit mir? Wieso kann mein Mann nicht mal allein des Weges zieh`n?

Ich hatte Panik, dass er mich verlassen könnte, weil er eine andere ohne Kinder und dazu auch noch schlanke Frau kennen lernen würde.

So fing es an und so nahm es seinen Lauf. Ich habe anfangs dazu beigetragen aber dass rechtfertigt nicht mich zu schlagen und zu quälen. Was ich zu diesem Zeitpunkt noch nicht wusste, war dass Micki hochgradig drogenabhängig war. Ich hatte noch nie etwas von Drogen gehört geschweige denn gewusst wo man so etwas herbekommt und wie man es benutzt.

Noch war alles ruhig. Micki ging jedoch immer öfter ohne mich weg und ich kam immer weniger damit klar. Micki war der Mann, bei dem ich das erste Mal einen Höhepunkt hatte. Er hat mir immer das Gefühl gegeben ich sei die schönste, perfekteste und beste Frau der Welt. Er war der Mann, der mir gezeigt hat das körperliche Liebe auch Spaß machen kann und es völlig egal ist, ob der Körper schön, oder voller Makel ist. Er hat mich die Liebe lieben gelehrt und dafür bin ich ihm dankbar. Ich hatte bereits zwei Kinder und war völlig unerfahren, wusste nichts von Orgasmen, da ich nie vorher einen erlebt hatte.

Wie heißt es in dem Fassbender Film: „ Angst fressen Seele auf!"

Drei mal pro Woche war Treffen mit Familie zum Fußball oder Bowlen. Natürlich wollte mein Schwiegervater keine Frauen dabei haben, denn es gab ja genug Frischfleisch wenn man unterwegs war.
Ich erfuhr von Irmi das eine Ex von Micki bei meiner Schwiegermutter aufgetaucht war, die meinem Mann ständig schöne Augen machte und zu den Treffen immer mitging.

Es war Freitagabend und ich wartete vergebens darauf das Micki nach hause kam.
Sascha und Andi waren den ganzen Tag draußen und hatten gespielt. Sie schliefen ruhig in ihren Betten, so dass ich Zeit hatte darüber nachzudenken wo Micki war und mit wem er war.

Samstag früh, die Jungs waren gerade wieder draußen mit ihren Freunden spielen und ich deckte den Frühstückstisch ab, schloss es und Micki stand vor mir. Mit treuen Augen sah er mich an und behauptete bei seinem Bruder Wolle geschlafen zu haben weil es so spät und er randvoll war. Zärtlich nahm er mich in die Arme und so entstand unser erstes gemeinsames Kind.
Plötzlich sprang er auf, schaute auf die Uhr und sagte er müsse noch mal weg und er weiß nicht wie spät es wird.
Unruhig geworden rief ich wieder einmal bei seiner Mutter an und fragte ob er vielleicht dort sei. Seine Mutter meckerte mich an, ich solle den armen Jungen doch mal in Ruhe lassen und ihm nicht ständig nachspionieren. Irmi hatte sich ein Herz gefasst und mir gesagt das er den ganzen Abend mit dieser Gabi, seiner Ex, verbracht hatte und das die beiden auch gemeinsam so gegen halb elf nach hause gegangen seien. Ich wollte wissen wo diese Gabi wohnt, was Irmi mir nicht sagen, aber zeigen konnte. Zu Sascha und Andi habe ich gesagt dass

ich kurz mal weg bin und die beiden bitte auf dem Hof bleiben sollten bis ich wieder da war.

Diese Gabi wohnte in einer kleinen Seitenstraße neben dem Fußballplatz am Innplatz. Sie wohnte genau wie wir im Parterre und so konnte ich sehen dass die Jalousien runter waren. Es war mittlerweile nachmittags und strahlender Sonnenschein.

Ich klingelte und klopfte an der Wohnungstür doch niemand öffnete. Als ich draußen versuchte die Jalousie hoch zu schieben ging das Fenster auf und ich wurde gebeten zur Wohnungstür zu kommen.

Die Frau stand mit zerzausten Haaren vor mir und fragte was ich von ihr will. „Wo ist Micki?" fuhr ich sie an. „Welcher Micki?" kam die Frage zurück. Ich schaute sie an und hatte das Gefühl als ob ihre Lippen immer wieder rot aufblinkten. Auf dem Tisch lag eine offene Schachtel Rothändle. Zufälliger weise die Sorte, die Micki rauchte. Plötzlich ging eine Tür auf und ein Kind von ca.7 Jahren kam in das Wohnzimmer. „ Bei mir im Zimmer brauchst Du nicht suchen, da ist er nicht!" sprachs und verstummte sofort wieder. „Weißt Du" sagte ich zu der Gabi, „ so einen Mann, der mich nach 12 Wochen Ehe schon betrügt finde ich an jeder Ecke! Zieh Dir mal Deine Klamotten an und komm mit seine Sachen von mir holen. Den kannst Du mit Kusshand behalten."

Das war wohl zuviel des guten für den lieben Micki, denn er stürzte genau aus dem Zimmer, wo ich nicht suchen sollte. Wutentbrannt starrte er mich an und zischte mir zu: „ Na und wir haben gefickt und nun? Verpiss Dich und mach das Du hier raus kommst!".

Ich wusste nicht was ich machen sollte. Mein Herz schrie und wollte sich fast überschlagen. Was war hier gerade geschehen? Gabi drängte mich zur Tür und ich schlug ihr beim rausgehen mit der Faust ins Gesicht. Mein Mund war trocken, meine Gedanken überschlugen sich; ich war völlig neben der Spur und wusste nicht wie ich das verkraften sollte. Wir waren gerade mal zwölf Wochen verheiratet; quasi noch in den Flitter-wochen.

Wie in Trance lief ich die Straßen entlang, unfähig das eben erlebte zu realisieren. Was war eigentlich geschehen, das Micki so fies und gemein war?
Kaum zuhause angekommen, schloss es und Micki stand in der Tür. Ohne etwas zu sagen, griff er sich meine Tasche, nahm mein Portemonnaie und nahm die letzten 10 DM die ich noch besaß. Natürlich blieb ich nicht ruhig und wollte wissen wofür er das Geld braucht und wo er hin will. Das ginge mich einen Scheißdreck an und ich solle ihn in ruhe lassen, war alles was er mir entgegen schleuderte als er die Wohnung ver-ließ.
In meiner Verzweiflung rief ich wieder bei seiner Mutter an und fragte was ich machen soll. „Lass ihn ziehen, der kommt von allein zur Besinnung", war alles was sie mir raten konnte. Zu diesem Zeitpunkt wusste ich noch nicht, dass alle bei mei-ner Schwiegermutter in der Wohnung versammelt waren und sich köstlich über mich amüsiert haben.

Mittlerweile war es schon abends. Die Jungs waren gewaschen und im Bett und ich hing so meinen Gedanken nach ohne zu einem Ergebnis zu kommen.

Nach zwei Tagen kam Micki wieder nach hause und wollte mit mir reden. Ich verzieh ihm alles, denn ich wollte ihn nicht verlieren. Damit hatte ich jedoch eine Lawine los getreten die nicht mehr zu stoppen war. Ich hatte ihm quasi einen Freibrief alles tun und lassen zu können was er will, gegeben.
Im Laufe der Zeit veränderte er sich immer mehr. Er ging nicht mehr arbeiten, sondern verdiente sich sein Geld mit ir-gendwelchen Drogensachen von denen ich nichts verstand und ehrlich gesagt auch nichts wissen wollte. Immer öfter brachte er von seinen nächtlichen Exkursionen Leute mit, mit denen er

dann die ganze Nacht laut Musik hörte und irgendein Zeug nahm was die ganze Wohnung verräucherte.

Da wir kein Schlafzimmer hatten, ging ich zu den Jungs rüber und schlief dort auf dem Fußboden. Mir ging es gesundheitlich nicht gut. Ich war bereits im fünften Monat schwanger und eigentlich hatten wir uns beide auf unser erstes gemeinsames Kind gefreut. Kampferprobt wie ich war, würde ich auch das schaffen, wenn er nur lieb zu Sascha und Andi bleibt.

Immer öfter kam jetzt sein Bruder Werner mit seiner Frau Andrea zu uns. Werner war ein notorischer Lügner, der seine Frau bei jeder sich bietenden Gelegenheit schlug. Nach und nach nahm sich Micki immer mehr schlechte Seiten von Werner an. Ich durfte nichts über seine Familie sagen, dann war der Teufel los, also schwieg ich und nahm hin was für mich doch nicht zu ändern war.

Eines Tages gerieten wir so aneinander, dass Micki mir in den Bauch schlug und brüllte das er dass Kind was ich unter dem Herzen trug nicht haben will. Es folgten noch einige Schläge ins Gesicht bevor er wutentbrannt die Wohnung verließ. Mir wurde klar, dass ich den Zug verpasst hatte, der das Ruder noch hätte herum reißen können. Mit meiner devoten Haltung ihm gegenüber habe ich den Weg geebnet mich so zu behandeln, wie er es tat. Natürlich hat es ihm danach leid getan, aber ich war so verunsichert, dass ich mich in mich selbst zurück zog und nur noch mechanisch reagierte. Dies nahm Micki zum Anlass sich wieder eine Arbeit auf einem Schiff zu besorgen. Er heuerte bei „Triebler" als Matrose an und fuhr einige Tage später raus.

Einige Wochen lag der Kahn in Herne und wartete auf Ladung. Wir telefonierten mehrmals in der Woche und Micki bat mich doch für ein paar Tage zu ihm an Bord zu kommen. Marlis nahm Sascha und Andi und ich fuhr mit der Bahn nach Herne.

Irgendwie war alles komisch. Die 16 jährige Tochter von der Freundin des Schiffers wohnte mit Micki zusammen in der Matrosenunterkunft. Es hatte zwar jeder ein Zimmer, aber Küche und Bad mussten sie sich teilen. Micki war in der Zeit wo ich an Bord war ständig im Maschinenraum und Heidi war immer bei ihm. Ich langweilte mich und wollte wieder nach hause, was ich auch tat und das war gut so.

Wieder in Berlin hatte ich einen leichten Blasensprung. Mit der Feuerwehr bin ich dann ins Urban-Krankenhaus gekommen und musste dort bleiben.

Drei Wochen lang hat man versucht das Kind mit einem neuen Medikament zu halten und wollte dann doch eine Cerclage um den Muttermund legen, damit dieser sich nicht weiter öffnet. Ich hatte so eine Angst vor diesem Eingriff, dass ich am Freitag vor der OP, die am Montag sein sollte, auf eigenen Wunsch die Klinik verließ.

Freitag und Samstag ging alles gut, aber am Sonntag begann das Kind zu zeichnen und ich bekam erneut einen Blasensprung. Wieder mit der Feuerwehr ins Urban und gleich auf die Entbindungsstation. Ich wurde von einem Mädchen entbunden und musste im Anschluss daran kürettiert werden da der Mutterkuchen festgewachsen war.

Mein Kind war tot. Es war nicht einmal 250 Gramm schwer und für den Schwangerschaftsmonat viel zu klein. Ich habe bitterlich geweint und wollte nicht mehr leben. Ich gab mir, ebenso wie die Ärzte, die Schuld am Tod meines Kindes!

Die Diensthabende Hebamme hat mich getröstet und mir unter dem Siegel der Verschwiegenheit mitgeteilt, das mir meine eigenmächtige Entlassung das Leben gerettet hat. Ich wäre am Montag die erste auf dem OP Plan gewesen und zu diesem Zeitpunkt hat mein Baby schon nicht mehr gelebt. Es wurde von meinem Körper nicht mehr ernährt denn der Mutterkuchen hatte nicht eine einzige durchblutete Zelle. So etwas hätte sie in der langen Laufbahn ihrer Tätigkeit als Hebamme noch nie gesehen. Ich hätte dann eine schwere Vergiftung wegen der Verwesung des Kindes gehabt und wäre vielleicht auch noch gestorben.

Ich war der Hebamme sehr dankbar konnte mich jedoch nicht beruhigen. Waren der Tritt und die Schläge schuld daran? Oder war es weil ich schon so viele Babysachen gekauft hatte? Das soll man doch nicht vor dem 6. Monat tun weil es Unglück bringen kann. Ich wusste es nicht. Nie wieder wollte ich ein Kind bekommen. Das schwor ich mir.

Micki kam erst nach Berlin als ich schon wieder zuhause war. Er konnte nicht früher kommen, da die Ladung frisch an Bord war und erst noch in Berlin Steglitz gelöscht werden musste. Das war mir scheißegal. Er hätte mir sowieso nicht helfen können.

Warum bin ich zu feige zurück zu schlagen?

Irgendwie war alles anders. Micki wollte plötzlich nicht mehr zurück an Bord und bat mich ans Telefon zu gehen wenn sein Schiffer anruft. Ich sollte sagen dass er nicht mehr kommt weil es mir nicht gut geht. Er wollte seine Sachen abholen und Abpacken, so heißt es wenn ein Matrose kündigt. Das habe ich natürlich auch getan.

Heidi rief dann an und wollte unbedingt mit ihm sprechen, was er jedoch auch ablehnte. Zusammen sind wir dann nach Spandau gefahren um seine Klamotten zu holen. Es kam zum Eklat, denn Heidi machte ihm eine Szene die nicht von schlechten Eltern war. Micki hatte ein Verhältnis mit ihr angefangen und ihr versprochen sich von mir zu trennen. Er war ihr erster Mann und sie war gerade mal fünfzehn!

Das ihre Mutter Micki nicht wegen Unzucht mit Abhängigen angezeigt hat lag einzig und allein daran, das Micki etwas vom Schiffer gewusst hat, das ihn die Existenz gekostet hätte; nämlich dass er fast nichts mehr sehen konnte und somit hätte er sein Patent abgeben müssen.

Obwohl ich mir fast gedacht hatte das zwischen Micki und Heidi was läuft, war ich sehr enttäuscht. Seine Liebesbezeugungen und Treueschwüre haben mich dann letztendlich dazu bewogen ihm zu verzeihen.

Micki hatte eine Art an sich, der man sich nur schwer entziehen konnte. Stress und Spaß mit ihm gaben sich ständig die Klinke in die Hand, aber solange er gut zu meinen Jungs war, war für mich alles zu ertragen. Leider blieb das nicht immer so, aber dazu später.

Micki machte irgendwie Geschäfte mit Drogen von denen ich nicht allzu viel mitbekam. Es war eine schwere Zeit, in der meine Mutter uns immer wieder mit Lebensmitteln und Dinge für den täglichen Gebrauch versorgte. Zum Amt wollte ich nicht gehen, denn es war mir zuwider dort betteln zu müssen.

Ab und zu musste ich mit Micki in Abrisshäuser um Buntmetall suchen. Meist brachte der Verkauf gerade so viel, dass er sich etwas zum Rauchen besorgen konnte. Wenn der nicht kiffen konnte, wurde er immer unausstehlicher. Die Jungs und ich waren über meine Hauswartstelle kranken versichert und durch den Lohn war die Miete gewährleistet. Es ging so nicht mehr weiter. Ich musste Sozialhilfe beantragen damit ich Sascha und Andi wenigstens auch Kleidung kaufen konnte damit sie nicht irgendwann wie kleine Straßenpenner aussahen.
Ich habe beim Amt erzählt das Micki und ich getrennt sind und ich die Jungs alleine versorge. Das hatte zur Folge, dass mich der für uns zuständige Sachbearbeiter besucht hat und nicht nur überprüfen wollte ob wir wirklich allein lebten.

Das war der Hammer überhaupt. Ich hatte zwar schon davon gehört dass es so etwas gibt, die Mutter von Saschas Freund hatte es mir erzählt, aber ich dachte dass es nur ein Fake war. Der feine Herr vom Amt plauderte mit mir über seinen Karibikurlaub und wollte mir zeigen wo seine Haut nicht gebräunt war; zum Glück kamen die Jungs vom Spielen und so nahm der Besuch ein jähes Ende.
Wie ich später feststellen konnte, war das kein Einzelfall in Neukölln!

Von der Sozialhilfe hatten wir nicht wirklich viel, denn Micki griff mittlerweile zu anderen Drogen. Ihm wurde es auch zusehends egal wann, wo und ob jemand dabei war, er flippte aus wann immer etwas nicht nach seinem Sinne war.

Einmal, wir waren mit seiner Schwester Irmi, deren zukünftigem Mann Uwe und den Jungs in der Nähe der Heerstraße am Wasser wo wir eine Stelle zum Baden gesucht haben, als

Micki ein kleines Kanu gefunden hat, welches er mit Uwe ausprobieren wollte. Wir Frauen blieben am Ufer weil die Kinder baden wollten. Micki und Uwe paddelten ein ganzes Stück hinaus, als plötzlich Wasser in den Kahn lief. Obwohl die beiden paddelten, was dass Zeug hermachte, stieg das Wasser und die Schuhe der beiden glitten langsam über das Boot und machten ihre eigene Reise. Irmi und ich mussten herzhaft darüber lachen, denn es sah zu komisch aus wie die beiden krampfhaft versuchten ihrer Schuhe habhaft zu werden. Wieder an Land schrie Micki mich an und knallte mir eine. Er machte mich dafür verantwortlich dass seine Schuhe weg waren und er nun barfuss mit Bus und Bahn von Spandau nach Neukölln fahren musste. Außerdem hätte ich ihn nicht auszulachen. Weder Uwe noch Irmi trauten sich etwas zu sagen und so zogen wir schweigend von dannen.

Irgendwann bekam Micki durch seinen Bruder Wolle einen Job bei Melitta. Nun wird alles wieder gut dachte ich. Anfangs war es ja auch so, aber irgendwie schaffte Micki es nicht ein normales Leben zu führen.
Obwohl ich kein Kind mehr wollte, wurde ich erneut schwanger. Mein Dr. Hensel riet mir das Kind auszutragen, damit ich den Verlust meines verlorenen Babys besser verkraften kann. „Dieses Kind ist zu mir gekommen, weil ich eines verloren habe", meinte er. Ich dachte wenn ich ein Kind von Micki bekomme, wird er ruhiger und findet endlich in uns seinen Hafen.
Wie ich immer wieder auf solche Gedanken gekommen bin, kann ich mir nur mit meinem eigenen Wunsch auf eine heile Familie erklären. Leider war mir nie bewusst, dass es sich dabei um Wunschdenken, welches zu diesem Zeitpunkt und mit diesem Partner unerfüllbar war, handelte.

Die Schwangerschaft verlief nicht ohne Komplikationen. Wie schon beim letzten Mal war die Gebärmutter leicht geöffnet. Es musste eine Cerclage gelegt werden und zusätzlich setzte

Dr. Hensel einen Ring. Ich durfte sechs Monate ausschließlich liegen und bekam von der Kasse eine Haushaltshilfe.

Micki hatte man verhaftet und er musste eine viermonatige Haftstrafe in Moabit absitzen. Herrliche Ruhe war die Folge seiner Haft, die mir sowie auch den Jungs gut tat.

Sascha und Andi erkrankten plötzlich an Mumpsmeningitis. Mein Kumpelfreund Andreas fuhr mit mir nachts in die Kinderklinik, weil ich nicht wusste wie ich ohne Auto mit hoch fiebernden Kindern dort hin gelangen sollte. Bei Andi hatte sich schon eine Nackensteife eingestellt, so dass ihm das Rückenmark punktiert werden musste. Mir war ganz schlecht vor Angst. Ich durfte nicht mit in den OP und wanderte unruhig auf dem Krankenhausgelände hin und her.

Andi musste in der Klinik bleiben, denn es bestand die Gefahr dass sein Gehirn in Mitleidenschaft gezogen war. Andreas fuhr mich mit Sascha wieder nach hause. Ich legte mich mit ihm zusammen in mein Bett und kuschelte mit ihm, denn er fühlte sich ohne seinen kleinen Bruder einsam.

Am nächsten Abend das gleiche noch einmal. Sascha hatte Fieber und eine Genickstarre. Nachdem Andreas erneut mit mir in die Klinik gefahren ist, musste auch Sascha punktiert werden und dort bleiben. Beide Jungs kamen in Quarantäne und ich ebenfalls. Eine Mumpsmeningitis geht nicht auf die Mutter, wohl aber auf das ungeborene Kind.

Kinder- und Frauenklinik befanden sich auf einem Gelände. Ich bestand darauf mich in ein Zimmer zu legen, von dem aus ich das Fenster meiner Jungs, vom Bett aus, sehen konnte.

Ich glaube drei Wochen verbrachten wir in der Klinik bevor Entwarnung gegeben werden konnte. Mein Freund Andreas hat sich nach unserer Entlassung liebevoll um uns gekümmert, was ich sehr genossen habe.

Kurz vor Weihnachten kam Micki nach hause. Uli sein Sozialarbeiter den er noch aus seiner Zeit in Tegel kannte, sorgte dafür dass es uns einigermaßen gut ging. Er fuhr regelmäßig mit mir zur Vorsorge in die Klinik am Mariendorfer Weg, denn dort wollte ich mein Kind zur Welt bringen. Dadurch dass meine Kinder sowie auch ich dort gut untergebracht waren, hatte ich meine Meinung von damals revidiert; es hatte sich im Laufe der Jahre auch vieles verändert, so dass ich mich dort gut aufgehoben fühlte.

Heiligabend, mir kam der vom Jahr davor in den Kopf und ich war ganz schön traurig darüber.
Micki hatte damals sein Zeug zum Rauchen gesucht und mich bezichtigt es weggeworfen zu haben. Kurz vor der Bescherung kippte er den Mülleimer im Wohnzimmer aus, steckte mich mit dem Kopf in den Müll und schrie:" Such mit Deinem Maul mein Dope, sonst trete ich Dir in den Arsch bis Du in dem Dreck stecken bleibst!" Ich hatte dieses verdammte Zeug nicht! Was sollte ich auch damit, ich nahm so etwas nicht und würde es auch nie wegwerfen, denn ich wollte keinen Ärger. Wenn jemand sagt das Zeug macht nicht süchtig, so kann ich nur sagen dass das so nicht stimmt. Es macht zumindest geistig abhängig, weil man glaubt nur damit gut drauf sein zu können!!! Micki fand es letztendlich, ich weiß nicht wo und verließ wie immer danach die Wohnung.
Die Geschenke der Kinder waren im Wohnzimmer verstreut, der Weihnachtsbaum lag lädiert in der Ecke, der Müll war auf dem Flokatiteppich breit gedrückt und die Jungs saßen steif und starr auf der Couch. Ich schnappte mir die beiden, zog sie in Windeseile an und verließ fluchtartig die Wohnung um zu meiner Mutter zu gehen. Ich habe ihr nicht alles erzählt, nur dass wir uns gestritten haben. Ich musste ja eh wieder nach hause denn wo sollte ich hin?
Voll gepackt kam ich zuhause an und fand eine saubere Wohnung sowie ein heulendes Elend vor.

Tja, das waren meine Gedanken an Weihnachten 1979 und so etwas wollte ich eigentlich nicht mehr! Es war schon komisch plötzlich wieder den Mann im Haus zu haben. Wenn er so blieb wie jetzt hätten wir eine Zukunft; aber erstens kommt es anders und zweitens als man denkt!

Verprügelt, Vergewaltigt, wie geht es jetzt weiter?

Nun ja, das Fest verlief relativ ruhig. Micki war glaube ich froh, endlich wieder raus aus dem Gefängnis zu sein. Aber…, … seine Drogensucht war nach wie vor vorhanden. Ich fragte mich wie so etwas möglich war. Die Kontrollen für Besucher waren so streng, dass man sogar Schuhe und Strümpfe ausziehen musste und selbst die Haare durchwühlt wurden. Außerdem wurde man mit einem Pieper am gesamten Körper abgetastet; also wie ging dass? Micki hat mir erzählt, das die „Schließer", gemeint waren die Beamten die Stationsdienst versahen, für Geld und Schmuck einfach alles tun und so auch weitaus besser Drogen im Knast, als außerhalb, zu bekommen waren. Und wer kein Geld hat der muss sich welches verdienen indem er, den Bossen (ein Gefangener der etwas zu sagen hatte) dort, zu Willen ist. Körperlich war gemeint, in wie weit auch immer.

Micki hatte kein Geld, er soll für seine Drogen die Zelle geputzt und Wäsche gewaschen haben.

Kurz nach Silvester bekam ich Wehen und musste in die Klinik. Uli und Micki haben mich hingebracht.

Morgens gegen sechs Uhr kam Daniela zur Welt. Es war ein umwerfendes Gefühl die Geburt nicht allein durchstehen zu müssen. Micki war so aufgeregt als er alle anrief um Bescheid zu sagen. Ja, zu diesem Zeitpunkt war er ein glücklicher Vater.

Für Dani war schon eine kleine Wiege bereit als ich mit ihr entlassen wurde. Die Jungs waren ganz stolz auf ihre kleine Schwester.

Peter hatte damals recht gehabt als er mich nicht über die Schwelle zur Anderswelt treten lassen wollte. Mein größter Wunsch war in Erfüllung gegangen, ich hatte einer Tochter dass Leben geschenkt!

Die Geburt war nicht so leicht für mich gewesen und so war ich körperlich noch sehr schwach. Dani hat nur ganz kurz in ihrer Wiege gelegen, denn ich wollte sie ganz nah bei mir haben und so schlief sie neben mir in unserem Bett. Ich konzentrierte mich so stark auf sie, dass ich einen Weinkrampf bekam als Micki sie einmal in ihre Wiege legte als ich schlief. Ich denke ich hatte damals eine Postpränatale Depression.

Mickis Verhalten änderte sich schnell wieder. Knapp eine Woche nach meiner Niederkunft forderte er sein Recht auf eheliche Pflichten ein. Ich war nicht bereit dazu und versuchte es ihm zu erklären; aber vergebens. Mit Wut und Brutalität zwang er mich unter Gebrüll und Schlägen ihm zu willen zu sein. Sascha und Andi kamen wegen des Lärms aus ihrem Zimmer und standen mit vor Schreck weit aufgerissenen Augen in der Wohnzimmertür. Sie konnten nicht fassen, was dort geschah. Sie weinten und schrieen immer zu „ Papa was machst Du da, aufhören, aufhören!"
Körperlich erleichtert ließ Micki von mir ab, zog sich die Hosen hoch, stieß die Jungs beiseite und verschwand. Von dem Tag an war nichts mehr wie früher. Die Gemeinheiten und Drangsalationen nahmen ihren Lauf und wurden immer fieser und gemeiner.
Ich habe einen großen Fehler gemacht indem ich mich nur noch auf meine Kinder fixierte. Dies hat Micki so sehr geärgert, dass er nun auch anfing die Jungs zu quälen und zu schlagen. Zu diesem Zeitpunkt hatte ich noch Kontakt nach Schweden zu Edith und Kai. Ich bekam regelmäßig Post und Fotos von Patrick. Ihm ging es gut, denn er hatte wundervolle Eltern, die alles für ihn taten. Ich jedoch fand keine Ruhe mehr um zu antworten. Ich dachte auch, wenn ich ein Kind auf diesem Wege bekommen hätte, würde ich immer Angst haben die leibliche Mutter steht eines Tages vor der Tür und will ihr Kind holen. Also brach ich den Kontakt ab. Heute denke ich, es war Selbstschutz.

Einmal, Micki wollte sein 1000 l Aquarium reinigen, hat er gegen das Becken getreten, so dass der gesamte Inhalt sich über das Wohnzimmer verteilte. Der Grund war, das ich den Fischen, die sich in Eimern befanden, etwas Sauerstoff zukommen lassen wollte in dem ich die Pflanzen ein wenig zur Seite schob.

Ein anderes Mal schlug er mich, weil ich fragte wie ich mit 200 DM Kostgeld auskommen soll, wenn ich davon schon 160 DM Telefon bezahlen soll. Das war ihm egal, ich hatte zu spuren und keine Fragen zu stellen!
Finanziell war ich von Micki abhängig, denn wir bekamen kein Geld mehr vom Amt. Der Mann von unserer Zeitungsfrau hatte Micki bei der Stadtreinigung untergebracht, also war er der Alleinverdiener und ich auf sein Wohl und Wollen angewiesen.

Wir waren bei Karstadt am Herrmannplatz um etwas für die Fische zu kaufen. Als wir die Straße überquerten brüllte mich Micki plötzlich an: "Glotz nicht so auf den Kerl, sonst setzt es was!" Ich wusste gar nicht wie mir geschah, denn ich hatte niemanden angesehen. „Hör auf, ich habe nirgends hingesehen!" antwortete ich ihm. Auf der anderen Straßenseite angekommen schlug Micki mir mit seinem Kopf gegen den Mund, Nickmann heißt das im Jargon, so dass mir die Oberlippe mittig in Richtung Nase aufriss und man meine Zähne sehen konnte. Meine Lippe bestand nun aus zwei Teilen die heftig bluteten. Ein Schlag gegen den Kopf, ein Tritt in den Hintern, so trieb er mich nach hause. Ich konnte nicht ins Krankenhaus um die Wunde nähen zu lassen, denn er ließ mich keine Sekunde aus den Augen. Was die Passanten dazu gesagt haben? Nichts! Sie haben weggesehen. Ich weiß aber auch nicht, was Micki gemacht hätte wenn jemand eingegriffen hätte.

Zuhause angekommen rief er seinen Bruder Werner an. Der besaß gerade wieder ein gestohlenes Auto, welches Micki unbedingt sofort brauchte. Gut, das wäre eine Chance doch noch ins Krankenhaus zu kommen, aber da lag ich völlig daneben, wenn ich dachte das Micki mit Werner irgendwohin wollte. Es sollte im Auto ein Versöhnungsgespräch stattfinden, also musste ich einsteigen und Werner musste auf die Kinder Acht geben.

Er fuhr mit mir den Kottbusser Damm entlang und versuchte mir zu erklären dass er nicht so wütend werden wollte. Es wäre aber meine Schuld, weil ich anderen Männern nachstarre. Ich war nicht in der Lage ihm zu antworten. Zum einen hatte ich starke Schmerzen und konnte den Mund nicht bewegen und zum anderen wollte ich auch nicht mit ihm reden. In meinem Hirn surrten die Gedanken nur um das Eine, wie komme ich mit den Kindern hier weg? Micki schien geahnt zu haben was in mir vorging, denn er wendete plötzlich mitten auf der Fahrbahn und fuhr auf die Autos zu die uns entgegen kamen. „Ich bringe uns um! Wenn ich Dich nicht haben kann, soll Dich auch kein anderer haben und ohne Dich kann ich nicht leben, denn ich liebe Dich!" Panik erfasste mich. Oh Gott, meine Kinder! Ich muss etwas tun! Ich legte meine Hand auf die seine und versuchte zu lächeln. Ich liebe Dich doch auch brubbelte ich so gut es ging mit meiner Wunde. Scharf links raste er in eine Seitenstraße und fuhr zu unserer Wohnung. Dort angekommen, ließ er in allen Räumen die Jalousien runter, zerschnitt die Bänder, damit ich diese nicht mehr hochziehen konnte. Schickte Werner in den Hauskeller ein Metallstück zu holen welches die Größe der Wohnungstür hatte und drei Schließanlagen mit Eisenriegel, die nur von außen verschlossen werden konnten. Damit sollte eigentlich der Hauskeller gesichert werden, damit dort nicht mehr eingebrochen werden konnte; nun wurde jedoch damit unsere Wohnungstür gesichert, damit er mich von außen einsperren konnte. Ich sollte mit den Kindern keine Gelegenheit haben die Flucht zu ergreifen!

Dessen aber nicht genug, warf er mir zwei große Standlautsprecherboxen auf die Füße, damit ich nicht mehr laufen kann.

Ich rannte trotz der Schmerzen in Panik vom Wohnzimmer in die Küche. Ich schrie wie verrückt, denn ich hatte Angst um mein Leben. Micki nahm einen spitzen Vorbohrer, mit dem man Holz ansticht um Schrauben eindrehen zu können, warf mich auf den Fußboden und wollte meine Füße an der Erde festnageln in dem er den Bohrer mit einem Hammer einschlug. Sascha und Andi hatten sich von Werner losgerissen und stürmten schreiend, sich auf Micki werfend, in die Küche. Der hatte mit so einer Reaktion der Jungs nicht gerechnet, stürzte durch den Aufprall über mich, verlor Hammer und Bohrer, schlug im Fall nach den Kindern, die sich jedoch nicht davon beeindrucken ließen.

Weinend klammerten sich die beiden dann an mich; so saßen wir noch als Micki mit Werner längst die Wohnung verlassen hatten.

Was sollte ich nun machen? Ich kam nicht raus. Die Jalousie ließ sich nicht einen Millimeter bewegen und die Tür war durch die Schlösser so verriegelt, das sie nicht zu öffnen war. Das Telefon! Mein Gott ja, das Telefon! Ich rief meine Bekannte Renate an, die in einer Seitenstraße einen Kohlenladen hatte wo ich immer Kohlen kaufte. Warum nicht die Polizei? Ich weiß nicht, aber ich denke, weil die uns in der Vergangenheit auch nie wirklich geholfen hat. Renate holte sie aber und so wurden die Kinder und ich befreit. Die haben irgendwie die Jalousie von außen hoch gehebelt, eine Stütze darunter gestellt und die Scheibe im Wohnzimmer eingeschlagen damit ich mit den Kindern rausklettern konnte. Die Fensterriegel hatte Micki ebenfalls entfernt, das vergaß ich zu erwähnen! Renate hat die Kinder und mich aufgenommen, aber für meine Lippe konnte nichts mehr getan werden denn die Wunde hätte gleich genäht werden müssen. Anzeige wegen Körperverletzung und Vergewaltigung konnte nicht gestellt werden, denn es ging ja nur um Ehestreitigkeiten!!!! Aber..., den Polizeieinsatz, den durfte ich bezahlen! Diese Aktion hatte zur Folge,

dass ich die Hauswartstelle verlor und somit auch die Wohnung.

Mord am Frauenhaus Spandau

Bei Renate konnte ich nicht bleiben. Zum einen war ihre Wohnung für uns alle zu klein und zweitens wohnte sie am Kottbusser Damm gegenüber der Lenaustraße wo unsere Wohnung war, so dass ich Micki und er uns jederzeit beobachten konnten.
Als er zu Renate nach oben kam um mit mir zu reden, war klar dass ich wieder mit nach hause ging.

Wir suchten eine neue Wohnung die ebenso wie unsere jetzige mit einer Hauswartstelle gekoppelt war.
In Kreuzberg wurden wir fündig. Die neue Wohnung lag in der Ohlauerstraße und war viel besser als ich gehofft hatte. Dort hatten wir drei Zimmer, Küche, Bad mit einem Garten auf dem Hof wo auch ein kleiner Spielplatz für die Kinder war. Es war nur ein Treppenaufgang der zu reinigen war und es gab auch nur zwei Etagen ohne Boden, so dass nur der Keller mitgereinigt werden musste. Ich bekam zwar weniger Geld als vorher, aber Micki konnte sich mit kleinen Reparaturarbeiten etwas dazu verdienen. Die Kinder hatten ein schönes großes Zimmer und gerade rüber war ein großer Spielplatz mit allerhand Gerätschaften, so dass ich die Jungs immer im Blick hatte. Wir hatten sogar ein eigenes Auto! Micki hatte mir erzählt dass er bei der Stadtreinigung seinen Führerschein machen musste, damit er später einen LKW fahren könne, der Mülltonnen entleert. Ich habe ihm geglaubt, denn wie sollte er sonst den Kredit für ein Auto bekommen haben.

Eines Tages, wir fuhren zum Einkaufen auf den Türkenmarkt am Kanal, wurden wir plötzlich von drei Fahrzeugen in die Zange genommen und zum Anhalten gezwungen. Aus allen Autos sprangen bewaffnete Männer, rissen unsere Autotür auf, zwangen uns auszusteigen und breitbeinig, die Hände auf das Autodach liegend, am Auto zu stehen. Ich zitterte am ganzen

Körper denn ich dachte es wären irgendwelche Typen mit denen Micki Geschäfte gemacht hatte, doch es war Kriminalpolizei in Zivil. Ich bat die Männer die Waffen runter zu nehmen und zu erklären um was es hier ging.

Micki und ich wurden verhaftet und in Gewahrsam genommen. Da ich nichts, aber auch gar nichts über Mickis Geschäfte wusste und nichts damit zu tun hatte, durfte ich nach meiner Aussage nach hause gehen. Micki hatte meine Unschuld und Unwissenheit beteuert, was wahrscheinlich mein Glück war.

Zu hause angekommen, habe ich Irmi, die auf die Kinder aufgepasst hatte erzählt was los war und hemmungslos geweint. Der Schock saß mir ziemlich tief in den Gliedern.

Micki hat natürlich seinen Job bei der Stadtreinigung verloren und ich erfuhr, dass er ohne Führerschein gefahren war und somit nicht nur wegen Drogenbesitz sondern auch wegen Fahren ohne Führerschein Anzeige erstattet wurde. Was jedoch viel schlimmer war, war dass er seinen Arbeitskollegen, von dem er angeblich die Drogen bezogen und für ihn weiterverkauft hatte, verraten hat. Bei dem, ebenso wie bei uns, wurde die gesamte Wohnung auseinander genommen. Nun hatten wir ein großes Problem, denn der war wohl ein großes Licht in der Szene und hatte mit Henry einem üblen Typen zu tun.

Micki wurde wegen seiner Kooperation mit der Kripo und weil wegen uns als seine Familie, keine Fluchtgefahr bestand, aus dem Gewahrsam entlassen.

Ich bin mit den Kindern nach Spandau in das dortige Frauenhaus geflohen. Was ich dort erlebte war für mich zwar kein Trost, aber gab mir Kraft einen Schritt zu gehen, den ich hätte längst gehen sollen.

Da ich in Kreuzberg gemeldet war, musste ich auch nach Kreuzberg zum Sozialamt um alle nötigen Anträge betreffs der Kostenübernahme für das Frauenhaus und Sozialhilfe zu stellen. Die Sozialarbeiterin hatte geklärt, dass ich nicht warten musste, um Micki nicht irgendwie in die Hände zu gelangen. Ich hatte alles erledigt und musste nur noch zur Kasse um mein Geld abzuholen, als Micki das Zimmer betrat. Als ich mich weigerte mit ihm zu gehen, nannte er mich eine Lügnerin, die ihn ohne Grund verlassen hatte und ihm nun seine Tochter vorenthält. Er wurde des Raumes verwiesen und mich hat man durch die Durchgangszimmer geschleust, eine Taxe gerufen und zum Hinterausgang gebracht.

Niemand war zu sehen. Die Taxe fuhr an als plötzlich die Beifahrertür aufgerissen wurde und Micki in den Wagen sprang. Es entstand ein Handgemenge bei dem ich den Fahrer immer wieder beschwor zur Polizei zu fahren.

Kreuzberg war damals schon ein sozialer Brennpunkt und so musste ich das Taxi verlassen, weil der Fahrer Repressalien befürchtete.

Micki schlug mich nicht. Er bat mich ihm noch eine einzige Chance zu geben, damit er mir beweisen könne das er die Kinder und mich wirklich liebt.

Ich wusste, dass er eine sehr schwere Kindheit gehabt hat und von seinem Vater wegen einem Fußball, den sein Bruder Wolle kaputt gemacht hatte, mit einem glühenden Feuerhaken verprügelt wurde. Seine Familie hatte nicht viel am Hut mit ihm und ich glaubte ihm helfen zu können, weil ich ebenso einsam war wie er.

Wir holten also gemeinsam die Kinder aus dem Frauenhaus ab. Dort angekommen war alles voller Polizei. Eine junge Türkin, die ebenfalls im Frauenhaus war, wurde auf dem Weg vom Bus zum Frauenhaus, oder andersrum, ich weiß es nicht mehr so genau, von ihrem Ehemann abgefangen und auf offener Straße erstochen.

Plötzlich war alles wieder präsent!!!
Sollte mir das auch passieren? Wollte ich nicht meine Kinder schützen? Ich lief auf das Eingangstor zu und betrat ohne von Micki daran gehindert zu werden das Frauenhaus.

Alles war in heller Aufregung. Man konnte doch das Tor vom Haus aus, über das Grundstück gut einsehen. Wie konnte es passieren dass vor den Augen der Frauen eine Mitinsassin ermordet werden konnte? Hatte sich der Mörder an der Endhaltestelle des Busses hinter demselben versteckt? Keine von uns fühlte sich mehr so richtig sicher.

Das Haus lag in einer Seitenstraße und war von einem Park-ähnlichen Grundstück umgeben. Viel Bäume und Büsche um sich ungesehen an das Haus zu schleichen. Unsere Angst wurde noch größer als wir erfuhren, dass die Familie der jungen Frau das Frauenhaus und seine Insassen für den Tod verantwortlich machten und Rache üben wollten.

Die anderen zwei Frauenhäuser waren überbelegt, so dass wir nicht wussten wohin. In Spandau wollte jedenfalls keine von uns mehr bleiben! Fast alle Frauen sind aus diesem Grund wieder zu ihren gewalttätigen Männern zurückgegangen so wie auch ich. Micki hatte von diesem Tag an sowieso jeden Tag am Zaun gestanden und die Jungs angebettelt wieder nach hause zu kommen.

Wir hatten mit Micki ja wirklich auch schöne Zeiten. Er hat viel mit den Jungs unternommen. Irgendwie war er da wie ein zu groß geratenes Kind. Toben auf dem Bolzplatz, Fußballspielen, Radtouren, verstecken im Park... und und und. Die Freunde der Jungs fanden Micki ganz toll, den der machte mehr als andere Väter; sie haben auch nie erlebt, wie er war, wenn sie mit ihm durchgingen.

Micki hatte ein Mofa auf dem Schrott gefunden und war dabei dieses wieder in Gang zu bringen. Für solche Dinge hatte er ein goldenes Händchen. Basteln und Reparieren, das konnte er. Ich hatte Essen fertig und ging in den Keller um ihn zu holen. Micki fand den Fehler nicht. Es lief Benzin aus und der ganze Keller stank danach so dass man kaum Luft bekam. Ich hatte sowieso ein Problem mit dunklen, engen Räumen und bin schon als Kind nicht gerne in den Keller gegangen um meinen Vater zu holen, wenn der dort bastelte und so war mir ganz unwohl in diesem Moment. Zaghaft legte ich meine Hand auf Mickis Schulter und sagte leise: „ Essen ist fertig. Kommst Du?" Der schoss aus der Hocke hoch, brüllte wie ein Tier, schlug auf mich ein und schubste mich so dass ich zu Boden fiel. Dann machte er die Tür des Kellerverschlages zu, hängte das Schloss ein, machte das Licht aus und ging nach oben.

Ich schrie bis ich heiser war. Vor Angst in der Dunkelheit glaubte ich mein Herz wollte stehen bleiben. Ich bekam durch das Benzin nicht richtig Luft. Irgendwann lag ich wimmernd in einer Ecke und wartete darauf was noch passieren würde.

Ich weiß nicht mehr wie und wer mich da rausgeholt hat. Ich werde Sascha mal fragen ob er sich daran erinnern kann oder auch nicht.

Nachdenklich, die Reflektion von Micki ist negativ

> Ich bin momentan sehr nachdenklich. Sascha konnte sich an den Mord vor dem Frauenhaus genau erinnern. Er sagt die Kinder hatten alle auf dem Gelände in den Büschen gespielt als es plötzlich laut wurde. Sie haben sich bis an den Zaun vorgetastet um zu schauen was die Ursache für das Geschrei war. Der Mann stach auf seine Frau ein und schleifte diese über den Fahrdamm vom Frauenhaus weg. Sie blutete stark und das Schreien wurde immer leiser bis es in ein Wimmern überging. Was ich nicht mehr wusste war, dass gegenüber dem Frauenhaus ein Busbahnhof der BVG war und das es zudem auch noch die Endhaltestelle einer in die Stadt fahrenden Linie war. <

Mein Mann Mike sagt dass ich seit ich dieses Buch schreibe viel empfindlicher und reizbarer geworden bin. Das kann gut möglich sein, ich bemerke das natürlich nicht. Bei jeder Gelegenheit streite ich mit ihm, verbitte mir das er so, was immer ich auch damit meine, redet, drohe ihm Schläge an und gehe dann.

Das letzte Desaster war am Samstag auf dem Polenmarkt. Ich habe mich in sein Gespräch eingeklinkt und seiner Meinung nach etwas zu laut über sehr private Dinge geredet." Nimm doch gleich eine Flüstertüte war seine Antwort". Meine Reaktion war, dass ich ihn angezischt habe wenn er noch einmal so mit mir redet, schlage ich ihm so eine rein, dass er den Mund nicht mehr aufkriegt. Dann habe ich mein Essen gegessen, bin aufgestanden und ohne ein Wort raus gegangen. Da Mike und sein Kumpel noch nicht bezahlt hatten, konnte ich einen guten Vorsprung erringen. Ich *bin an der Elbe entlang gelaufen, damit sie mich nicht sehen können, dann über die Brücke nach Frankfurt/ Oder und zum Hauptbahnhof. Ich hatte kein Handy aber zum Glück Geld dabei. Also sendete ich über ein Telefon in der Bahnhofshalle eine SMS an Mike in der ich ihm mitteilte, dass ich am Montag meine Sachen abholen komme und bin dann mit dem Zug zu Sascha nach Berlin gefahren. Da Sascha nicht da war, setzte ich mich mit seiner Exfrau Tina, mit der ich mich sehr gut verstehe, an den Imbiss und trank einen Kaffee. Tina musste über meine Aktion lachen und meinte dass Mike mich suchen und finden wird, als dieser bereits die Sonnenallee überquerte und schon in Sichtweite war. Noch immer bockig, wollte ich natürlich nicht mit ihm reden, denn ich fühlte mich im Recht.*

Meine Therapeutin findet auch dass ich erwachsen werden und mit den Situationen anders umgehen muss. Aber ich weiß einfach nicht wie! Ich habe bei jedem lauten Wort Angst und nur noch Flucht im Kopf. Wenn das so weiter geht, riskiere ich vielleicht noch meine Ehe und meine Kinder wollen auch nix mehr mit mir zu tun haben! Mike arbeitet in einer Werkstatt für Menschen mit Behinderungen, in der er die Tischlerei leitet. Seit einem Jahr gibt es dort einen neuen Werkstattleiter, der den Mitarbeitern das Leben schwer macht. Mike würde am liebsten sofort dort aufhören, tut es aber aus Verantwortungsbewusstsein, unserem Haus und unseren Verpflichtungen gegenüber nicht. Also sind wir beide in einer schwierigen Situation, aus der wir allein nicht so recht heraus kommen.

Liegt es wirklich am Schreiben? Sind die Erinnerungen so schlimm dass sie mein jetziges Leben negativ beeinflussen?

Patrick meldet sich auch nicht mehr. Ich weiß echt nicht was los ist. Ich will aber weiterschreiben, weil ich denke, dass es dann endlich aus meinem Kopf raus ist!!!! <

Endlich Schluss, wieder eine Scheidung

Das Theater was Micki nun immer öfter veranstaltete war nicht von schlechten Eltern. Sascha und Andi mussten immer öfter unter seiner Anleitung Schulaufgaben machen und das ging nicht immer ruhig ab. Natürlich waren die Jungs völlig geblockt und brachten nichts Vernünftiges zustande. Nach einem Gespräch mit den Lehrkörpern, durften die beiden in einem Förderunterricht ihre Hausaufgaben machen, worüber ich sehr glücklich war. Mit Dani war er nur einmal wirklich grob zu Gange. Das war als er sie anziehen wollte, sie jedoch hin und her zappelte, wie es bei kleinen Kindern normal ist und er sie dann auf den Sessel warf. Dani war so geschockt darüber, das sie laut anfing zu brüllen. Das wiederum hat Micki so geschockt, das er sie sofort in Ruhe ließ und ich sie weiter anziehen musste.

Micki hat auch ab und zu für uns gekocht. Dann hatte er besonders gute Laune. Trotzdem war in seiner Gegenwart eine angespannte und gedrückte Stimmung. Wenn ich mit den Kindern allein war, haben wir immer viel gelacht und uns erzählt was wir den Tag über so erlebt haben. Zum Glück waren wir das zwischendurch relativ oft, denn Micki hatte einen schwulen Freund namens Horst, der in der Reichenberger Straße in einem Teppichladen arbeitete. Bei dem im Laden trafen sich so ziemlich alles an Kiffern und Drogis aus unserer Ecke. Aber Horst war sehr nett zu mir. Er hat Micki oft ins Gericht genommen, wenn der mal wieder fies und gemein zu mir war. Bei Horst habe ich meine spätere Freundin Elfi kennen gelernt. Ich glaube sie hatte was mit Micki. Sie sagt zwar immer nein da war nichts, aber die mir bekannten Anzeichen waren alle vorhanden. Jeden Tag duschen und einparfümieren bevor er ging, gute Laune, neue Klamotten" ich geh mal zu Hotte", aber nicht dort sein, und und und ... Für mich war das zwar trotz allem schmerzlich, aber so hatte ich meine Ruhe vor ihm.

Micki hatte wieder mal gekocht und fragte mich ob es mir schmeckt. Ich konnte damals nicht richtig essen und hatte auf dem Teller herumgestochert. Die Kinder hörten sofort auf zu essen und es war Mucksmäuschen still, als er alles was er an Tellern zu greifen bekam nach mir warf. Dabei traf er die Lampe, die über dem Wohnzimmertisch hing und die Scherben ergossen sich über meinen Kopf. Die Jungs nahmen Deckung unter dem Tisch, Dani lag zum Glück in ihrem Bettchen und schlief und ich hatte tausend kleine Glassplitter in und auf meiner Kopfhaut. Wie immer verließ er nach solchen Aktionen das Haus und ließ sich eine Weile lang nicht mehr sehen. Ich entfernte die Glassplitter von meinem Kopf und räumte alles wieder auf. Es hat eine Weile gedauert bis die Glassplitter aus meiner Kopfhaut heraus wuchsen. Von da an hatte ich ständig kleine eiternde Pusteln auf dem Kopf.

Wir hatten Marlis ihre altdeutsche Schäferhündin in Pflege, denn bei Marlis ist der Hund verwahrlost weil sich niemand um ihn gekümmert hat. Senta war für eine Hündin extrem groß und kräftig, aber ausgesprochen lieb und dankbar. Für Micki war sie ob ihrer Größe ein Statussymbol. Kampfhunde gab es damals noch nicht und so mussten Schäferhunde herhalten.

Ich lag auf der Couch und war eingedruselt. Die Kinder schliefen schon und Senta lag wie immer bei mir an der Couch, als es plötzlich laut donnerte und klirrte als wenn Glas zerbricht; es schloss dann und Micki betrat lallend und polternd die Wohnung. An seinen unflätigen Worten erkannte ich, dass er auf irgendetwas oder irgendjemanden sauer war und stellte mich schlafend. Er zerrte und zuppelte an mir herum und blökte lauthals: " Du alte Schlampe, los wach auf und zieh deine scheiß Hose aus, du bist jetzt fällig!" Starr blieb ich liegen. Nur nicht rühren, keinen Mucks von mir geben, dachte ich. Doch bevor ich diesen Gedanken richtig zu ende gedacht hatte, riss Micki mir die Hose vom Leib, ergriff mich an meiner Schambehaarung und zerrte mich so von der Couch. Der Schmerz ließ mich aufschreien und mit geballten Fäusten nach ihm schlagen. Er ließ von mir ab, betrachtete die ausgerissenen Haare in seiner Hand, schrie „so´ne scheiße", trat mehrmals nach mir und verließ dann die Wohnung. Senta war auch nicht mehr da. Heulend ging ich zur Wohnungstür und dann ins Treppenhaus um nachzuschauen was dort los war. In der unteren Scheibe der Haustür klaffte ein Loch und an diesem hing Fell von Senta. Sie war also in Panik durch die zerbrochene Scheibe geflüchtet und irrte in Kreuzberg umher. Ich rief Marlis an, unterrichtete sie davon und sie rief bei Achim von Schmidt Umzüge an, um ihn zu bitten Senta zu suchen. Micki hatte ab und an bei Achim als Möbelpacker gejobbt und Achim hatte sich in Senta verliebt. Marlis hat ihm Senta jedoch nicht überlassen weil sie viel zu große Angst vor Micki hatte, denn der wollte den Hund unbedingt behalten. Dann habe ich die Kinder gebeten sich anzuziehen und sich zu beeilen; ich wollte weg sein bevor Micki wieder auftauchte. Ich wusste zwar nicht wo ich hin sollte, aber auf alle Fälle erst mal weg!

Ich lief mit den Kindern Zickzack durch die Straßen immer gehetzt von der Angst dass Micki hinter uns her ist. Irgendwie kam ich am Kanal an. Ich forderte die Jungs auf mit mir runter ans Wasser zu gehen, als ich Micki brüllen hörte "Du entkommst mir nicht du Hure! Ich bin dir auf den Versen und knall dich ab wenn ich dich finde! Komm raus wo immer du auch bist!" Er hatte tatsächlich seine Pistole dabei, die er sich aus Angst vor Henry zugelegt hatte und ballerte damit in Richtung Kanal. Diese Gegend war sehr dunkel und einsam, denn wegen der vielen Ausländer und Autonomen traute sich hier niemand mehr nach Anbruch der Dunkelheit auf die Straße.

Ich lag mit den Jungs bäuchlings an der begrünten Schräge des Kanals, Dani fest an meine Brust gepresst, damit sie nicht plappern oder schreien konnte. Wir blieben lange so liegen, denn die Angst Micki in die Hände zu fallen war zu groß. Sascha brachte mich dann zur Besinnung in dem er sagte dass der Papa schon lange weg sei und wir nun weglaufen könnten. Ach ja, Conny wohnte ja hier ganz in der Nähe! Ich wollte versuchen mit den Kindern bei ihr unter zu kommen und am nächsten Tag, zum Anwalt um die Scheidung einzureichen. Gesagt getan. Conny war nach dem Tod ihrer Mutter hier runter gezogen. Wir hatten sporadisch Kontakt, aber ich war mir sicher, dass sie uns wenigstens 1-2 Tage Obdach gewähren würde. So war es auch. Ich kannte Conny schon seit meiner Zeit in der Gräfestraße, wo ich im Mister X spionieren sollte. Sie hatte schon das Theater mit Michael mitgemacht und mir auch damals immer wieder aus der Klemme geholfen. Sie half mir auch diesmal. Aber nur wegen der Kinder, denn sie konnte nicht verstehen, dass ich mit so einem Mann noch immer zusammen war.

Ich ging zum Anwalt in der Lenaustraße und reichte die Scheidung ein. Diesmal musste ich es durchziehen, das hat man mir dort unmissverständlich klar gemacht. Noch einmal würde man sich weigern die Scheidung zurück zu ziehen! Ich hatte nämlich schon einmal die Scheidung eingereicht, sie aber zurückgezogen. Ja, diesmal sollte alles seinen Gang gehen. Ich wollte die Scheidung!

Mit dem Antrag in der Tasche besorgte ich mir einen Wohnberechtigungsschein und stellte mich bei der Wohnungsgesellschaft Stadt und Land vor. Ich hatte Bedenken, dass ich dort eine Wohnung bekommen würde, denn ich war inzwischen wieder im Frauenhaus und Frauen von dort bekamen schwer eine Unterkunft. Man hatte Angst vor Terror mit den Exmännern. Stadt und Land hatte aber ein Projekt für Alleinstehende mit Kindern in der Briesestrasse in Neukölln am Start und da wollte ich einziehen. Die Sozialarbeiterin vom Frauenhaus hatte davon gehört und mich hin geschickt. Ich hatte großes Glück. Es waren fast alle Wohnungen frei denn niemand hatte sich so recht dafür interessiert. Ich schaute mir eine Wohnung mit 3 Zimmern und fast 100 m² an. Briesestrasse, Ecke Herrmannstraße, meine alte Heimat und ganz in der Nähe meiner Mutter. Da diese Anlage noch nicht bezugsfertig war, musste ich noch einige Zeit im Frauenhaus in Grunewald bleiben. Aber in Gedanken an den baldigen Umzug machte mir das nichts mehr aus. Ich sah Licht am Ende des Tunnels und das machte mich glücklich.

Es sollte jedoch noch 2 Jahre dauern, bis dass Kapitel Micki endgültig abgeschlossen war.

Neue Wohnung und doch keine Ruhe

Tja, die Wohnung haben wir bekommen und sind auch eingezogen. Ich musste alles neu anschaffen, denn ich hatte Angst
in die Ohlauer Straße zurück zu gehen um unsere Sachen zu
holen. Zum Glück gab es vom Bezirksamt Neukölln ein Mö-
bellager wo ich die nötigsten Dinge schnell und unbürokra-
tisch bekam. Wir waren die ersten Mieter und wohnten in diesem Hausaufgang ganz allein. Der gesamte Block war noch
immer eine Baustelle und vor meinem Wohnzimmer befand
sich ein Baugerüst, welches über die gesamte Breite meiner
Wohnung verlief. Ich war glücklich mit zwei Kinderzimmern,
einem Wohnschlafzimmer, einer schönen neuen Einbauküche
und einem Balkon.

Doch ich wurde von dem Vorvermieter aufgefordert, die
Ohlauer Strasse zu räumen, es gab einen Nachmieter. Ich ver-
abredete mich mit meinem Vorvermieter in der Wohnung um
alles zu besprechen.
Dort angekommen bekam ich erst einmal einen gehörigen
Schock. Das gesamte Mobiliar war kaputt geschlagen und lag
in den Räumen verstreut. Die Wäsche war in tausend Teile
zerschnitten, Teller und Tassen lagen in der Küche zerschla-
gen auf dem Boden. Wutentbrand und schimpfend verließ der
Vermieter die Wohnung. Ich würde von ihm hören, waren
seine letzten Worte.
Ich stand starr und konnte die Tragweite dessen was da in
Bezug auf Räumung, noch so auf mich zukommen würde,
nicht realisieren, als es plötzlich schloss und Micki in der Tür
stand. Er versuchte auf mich einzureden, dass ich doch zu ihm
zurückkommen sollte. Er vermisst die Kinder und mich, sein
Leben ist so leer ohne uns. Ich hatte Angst und erwiderte vorsichtig, dass ich noch etwas Zeit brauche um mit mir ins Reine
zu kommen. Er versuchte zärtlich zu mir zu sein, was mich
jedoch derart anekelte, das ich ihn, von mir weg geschubst

habe. Als er drohend auf mich zukam, ergriff ich die Brat-
pfanne und schlug sie ihm auf den Kopf. Wie lächerlich, sich
mit einer Alupfanne zu wehren!

Micki schlug mit Fäusten auf mich ein, würgte mich, trat
mich, bis ich mich nicht mehr regte und vergewaltigte mich
dann. Ich weiß nicht mehr was dann geschehen ist. Die einzige
Erinnerung ist, dass meine Freundin Conny, meine Mutter und
mein Bruder Detlef, bei mir waren, als ich langsam wieder
klar denken konnte. Detlef hatte Micki wohl irgendwie noch
erwischt, ihn geschüttelt und gesagt, dass wenn er mich noch
einmal anfasst, er solche Prügel von ihm bezieht, dass er in
eine Streichholzschachtel passt. Micki ist daraufhin durch das
geschlossene Wohnzimmerfenster gesprungen und abgehauen.

Ich wurde zurück in meine neue Wohnung gebracht und erst
einmal versorgt. Mir wurde aufgetragen die Wohnung vorerst
nicht mehr allein zu verlassen und mich immer einzuschließen,
was ich auch tat. Mein Bruder Detlef kam jeden Morgen und
jeden Abend um zu kontrollieren ob alles in Ordnung ist.

Eine Zeitlang hörte und sah ich nichts von Micki, so das wir
alle glaubten ich hätte es geschafft. Über die Familienerholung
beantragte ich eine Reise für mich und die Kinder.

Es ging mit dem Bus nach Bayern. Für die Kinder war es
wundervoll sich frei bewegen und spielen zu können. Schnell
schloss ich Freundschaften und lernte einen jungen Mann kennen, in den ich mich verliebte und der uns in Berlin besuchen
wollte. Ich war ja inzwischen in Abwesenheit von Micki, geschieden worden und musste nur noch warten bis das Urteil
rechtskräftig wurde, denn es war im Familiengericht ausge-
hängt. Das war so üblich wenn eine der Parteien nicht zum
Scheidungstermin erschien. So galt das Urteil als öffentlich
zugestellt.

Zurück in Berlin hat Micki irgendwie erfahren das ich jemanden hatte und der Terror begann von neuem! Mittlerweile war

es August und sehr warm, so das ich das letzte Fenster der Fensterfront im Wohnzimmer nachts offen ließ. Vom Balkon aus war es eine fünf Meter lange Fensterfront bis zu dem offenen Fenster und ich dachte dass er sich nicht trauen würde da einzusteigen. Immerhin befand sich die Wohnung im zweiten Stock! Aber ich hatte mich getäuscht. Eines Nachts wurde ich wach, weil ich mich nicht bewegen konnte. Micki saß nackt auf mir drauf und drückte mir die Kehle zu. Er kann mich nicht aufgeben, waren seine Worte. Wenn ich ihm noch eine Chance gebe, soll ich mit den Augenlidern zwinkern, dann lässt er nach, wenn nicht wird er mich und danach die Kinder und sich umbringen. Wie wild schloss und öffnete ich meine Augen. Ich musste an meine Kinder denken, koste es was es wolle. Ich war bereit alles zu tun um dem Horror ein Ende zu bereiten.

Langsam löste er seine Hände von meinem Hals und sprach beruhigend auf mich ein. Es wurde hell, welch ein Glück, denn gleich würde Detlef anrufen und fragen ob alles in Ordnung ist und wenn ich nicht ans Telefon gehe, würde er in spätestens fünf Minuten bei mir sein.

Das Telefon klingelte und Micki ging ran. Als er Detlefs Stimme hörte ergriff ihn die Panik. Er griff nach seinen Sachen und verschwand nackt über Balkon und Gerüst, damit Detlef ihn nicht fassen konnte. Ich habe natürlich eine Standpauke erhalten weil ich so leichtsinnig war und das Fenster offen gelassen habe. Ich war trotzdem erleichtert dass Detlef da war.

Micki rief mich danach jeden Tag an und wollte sich mit mir treffen um mit mir zu reden. Ich wusste nicht wo und bei wem er sich versteckt hatte. Es musste jedoch jemand mit Telefon sein, denn er hat nicht von einer Telefonzelle aus angerufen. Wie der Zufall es so will erfuhr ich später, dass er sich bei einem alten Knastkumpel in der Weserstraße aufhielt. Zu Fuß war das mindestens 30 Minuten von uns entfernt. Welch ein Glück.....oder   nicht?

Bei der Polizei verraten

Die Anrufe von Micki waren so voller Hass, Angst, Verzweiflung und Wut, dass ich nicht wusste wie ich darauf reagieren sollte. Trotzdem er sich hier bei uns nicht mehr sehen ließ, war seine Anwesenheit allgegenwärtig.

Mittlerweile waren andere Mieter eingezogen und es bildeten sich Freundschaften und Interessengemeinschaften. Es gab ein gut funktionierendes Alarmsystem unter uns, denn ich war nicht die einzige die mit ihrem Exmann solche Probleme hatte. Neben mir wohnte Tine, die mit ihren beiden Töchtern vor ihrem gewalttätigen Mann aus Amerika geflüchtet ist. Er hat sich wieder nach Berlin versetzen lassen und so hatten wir des Öfteren die MP im Haus. Die war nicht so zimperlich wie unsere Polizei! Doch auch das hat nichts genützt, Tines Mann kam immer wieder! Über Tine wohnte Gaby mit drei Jungen. Auch ihr Partner Peter, war sehr gewalttätig und lauerte Gaby immer wieder auf, um sie zu verprügeln. Peter hatte Kontakte zum Rotlichtmilieu und Gaby fürchtete das so sehr, dass sie nie Anzeige erstattete. Nicht einmal als er ihre gesamte Wohnung kurz und klein schlug. Ich war also in bester Gesellschaft.
Es gab bis auf wenige Ausnahmen, in diesem Gebäudekomplex nur Frauen die geschlagen und misshandelt wurden. Aber wir haben uns vertragen und zusammen gehalten.

Nun war Micki nicht mehr zu beruhigen. Die Polizei suchte ihn wegen verschiedener Delikte und er wollte mich unbedingt sehen. Ich sollte in die Weserstraße zu ihm kommen. Wir wären ja nicht allein. Bernd und seine Frau sind auch da. Natürlich war das gelogen, das bemerkte ich als ich hinkam. Warum ich hingegangen bin? Ich weiß es nicht und es will auch nicht raus aus seinem Versteck; also nehme ich es so hin.

Ich musste mit ihm schlafen, sonst hätte er mich nicht mehr gehen lassen. Diesmal war er weder grob noch hat er mich geschlagen. Gefühl? Nein, das hatte ich nicht. Ich kannte das ja schon zu Genüge und konnte mittlerweile meinen Kopf und meinen Körper ausschalten. Ich spielte eine Rolle; nämlich die der reumütig zurückkehrenden Frau.

Ich musste hier raus, denn ich hatte einen Job als Reinigungskraft in einer Schneiderei angenommen, der nachmittags von 14:30 Uhr bis 16:30 Uhr ging. Die Kinder waren, in Hort und Kindergarten, der sich direkt bei uns im Nebenhaus befand, bis 17 Uhr untergebracht. Die Schneiderei lag kurz vor dem U-Bahnhof Südstern und wenn ich durch die Parkanlage der Hasenheide lief, konnte ich es immer bequem bis 17 Uhr schaffen. Doch von hier unten aus war es erheblich weiter und es war bereits 14 Uhr. Ich würde zu spät zur Arbeit kommen! Hoffentlich sind die nicht sauer und entlassen mich, dachte ich noch so beim Verlassen der Wohnung.

Micki sollte eigentlich gar nicht wissen wo ich arbeitete. Ich hatte Bedenken wegen seiner Ausraster und den damit verbundenen Konsequenzen für mich. Doch er begleitete mich zur U-Bahn und somit war mir klar: der kommt mit!

Ich vermied unter tausend Ausreden ihn noch einmal in der Weserstraße zu besuchen. Ich belog ihn und sagte, zu mir könne er auch nicht kommen, denn die Kripo war da und hat nach ihm gefragt. Außerdem steht in Sichtweite des Hauseinganges ein Auto mit zwei Männern, die wahrscheinlich meine Wohnung beobachten.

Lügen, Lügen, Lügen und die immer wiederkehrende Angst dazu, bestimmten kurzfristig mein Leben.

Die Krönung war aber der Überfall von Micki.

Freitag, ich brauchte heute nur 1 Stunde arbeiten und freute mich auf zuhause. Das Wetter war schön und ich wollte mit meinen Kindern eine Radtour mit Picknick machen. Die Kinder freuten sich ebenso wie ich.

Sascha hatte ein Bonanza-Fahrrad mit Bananensattel das war 1982 hoch modern, Andi ein Pucki-Fahrrad und ich ein altes Damenrad mit Kindersitz für Dani. Doch zu unserem Ausflug kam es nicht.

Da Micki Angst hatte mich direkt von der Arbeit abzuholen, lauerte er mir in der Hasenheide auf. Die Büsche waren dicht und in kleinen Einbuchtungen standen Bänke die zum Verweilen einluden. Ich liebte die Natur und genoss jeden Tag durch den Park zu gehen, der nach dem Krieg auf den Trümmern von Berlin aufgebaut worden war.

Nichts ahnend schlenderte ich so vor mich hin, als plötzlich etwas nach mir griff und mich in die Büsche zerrte. Ich konnte nicht schreien, denn Micki hatte mich mit einem Arm um meinen Hals und einer Hand auf den Mund, tiefer in die Büsche geschleift.

Hier geschah was immer geschah wenn er wütend auf mich war. Er beschimpfte, schlug und trat mich. Drückte mein Gesicht auf den Erdboden, so das ich keine Luft mehr bekam, da war sie wieder, die Resignation gepaart mit Todesangst.

Micki tat mir Gewalt an und urinierte auf meinen Körper als ich regungslos zusammengekauert auf dem Boden lag. Ich möchte jetzt und in diesem Augenblick sterben, dachte ich.

Was musste denn noch alles geschehen damit ich endlich den Mut fasste etwas gegen ihn zu tun? Nun gut, Vergewaltigung in der Ehe gab es noch immer nicht, aber ich war ja nicht mehr verheiratet, auch wenn ich mich nach wie vor wie Micki´s Leibeigene fühlte!

Zuhause angekommen schickte ich die Kinder auf den Spielplatz und beriet mit meinen Freundinnen was zu tun sei um dem endlich ein Ende zu bereiten. Ich würde die Kripo anrufen und ihnen mitteilen wo sich Micki aufhielt! Nein, das ging nicht, Bernd würde mir das Leben zur Hölle machen, wenn ich die Polizei zu ihm schickte, denn er war auf Bewährung draußen und er wurde Vater. Was ginge dann noch? Ich würde mich mit Micki zu Montag 16:30 Uhr, an dem Hinterausgang der Firma verabreden und vorher die Kripo davon unterrichten, das Micki polizeilich gesucht wird. Und was er mir angetan hat, wollte ich zur Anzeige bringen. Letzteres habe ich aus Scham nicht getan. Ich gehörte nicht zu den Menschen die offen über Sexualität reden konnten.

So etwas gab es bei uns zuhause nicht. Kaum war mal ein Dekollete im Fernseher zu sehen, hat meine Mutter sofort umgeschaltet.

Aufklärung gab es bei uns auch nicht. Bei meiner ersten Regel dachte ich, ich verblute und muss sterben!

So wie ich es mir vorgenommen hatte rief ich am Montagvormittag bei der Polizei und danach Micki an, um mich mit ihm zu verabreden.

Ich wurde je näher es zum Termin arbeiten gehen kam, immer nervöser. Was habe ich gemacht? Ich hatte einen Menschen bei der Polizei verraten! Ich ruf jetzt da an und revidiere meine Aussage! Nein, das tust Du nicht! Das ist die einzige Chance ihn los zu werden! Was mache ich, wenn er was gemerkt hat und misstrauisch geworden ist, weil ich mich freiwillig mit ihm verabredet habe? Dann würde er nicht kommen, das war gewiss!

Vor lauter Aufregung konnte ich nicht vernünftig arbeiten. Jede Gelegenheit aus dem Fenster, auf den Hof des Fabrikgeländes, zur Tür des Hintereinganges zu schauen, nahm ich wahr. Nichts war zu sehen oder zu hören. Hatte es nicht geklappt?

Zum Feierabend ging ich vorsichtig über den Hof, zum Hinterausgang, aus diesen heraus und auf eine Nebenstraße des Südstern. Nichts! Absolut gar nichts!

Ängstlich trat ich schnellen Schrittes den Heimweg an. Ich wollte wissen ob meine Kinder da sind und alles O.K. ist.

Ja, es war alles in Ordnung. Ich rief bei der Kripo an und erkundigte mich ob der Zugriff erfolgreich verlaufen ist. Ja, er würde morgen dem Haftrichter vorgeführt werden, der entscheidet ob er in Haft bleiben muss oder bis zum eigentlichen Termin auf freien Fuß gesetzt wird.

Dienstag früh 7:30 Uhr, die Jungs waren bereits auf dem Weg zur Schule und Gabi hatte Daniela mit in den Kindergarten genommen als sie Benny ihren Sohn weg gebracht hat.
Ich besorgte mir die Telefonnummer von der Häftlingssammelstelle in der Gothaer Strasse und ließ mich mit dem Haftrichter verbinden. Es war eine Richterin.
Ich bat sie darum mir zu sagen ob Micki in Haft bleiben, oder entlassen werden würde. Sie fragte mich warum ich das wissen wolle, woraufhin ich bitterlich zu weinen anfing und unter Schluchzen bat, mir das in diesem Augenblick zu sagen, da ich dann einige Sachen zusammen packen und mit meinen Kindern flüchten würde.
Sie müsse den Fall erst prüfen und mich dann zurückrufen um mir ihren Entscheid bekannt zu geben. Ich weiß nicht mehr wie lange ich auf diesen Anruf gewartet habe. Mir kam es wie eine Ewigkeit vor.
Er kam nicht raus. Nicht an diesem Tag und auch nicht in den nächsten Jahren!

Ab und zu hat er uns später mal besucht. Ich hatte inzwischen meinen Schulabschluss auf der Abendschule, mein Examen auf dem Sozialpädagogischen Institut in Altenpflege gemacht und arbeitete als Heimleitung im Seniorenwohnhaus, beim Bezirksamt Berlin Neukölln.
Manchmal taten er und seine extrem junge Freundin Heike mir leid und ich half ihnen aus der Patsche, indem ich ihren Strom bezahlte, als Heike schwanger war, oder gab ihnen zu essen, wenn sie nichts mehr hatten.

Heikes Mutter hat mich mal angerufen und mich gebeten ich möge doch mit ihrer Tochter reden, dass sie Micki verlässt. Sie hat seine Drogensucht finanziert indem sie dem horizontalen Gewerbe nachging.

Ich konnte der Mutter nicht helfen, denn nur Heike allein musste den Weg dort herausfinden. Ich konnte nur beten, dass sie es früher schafft, als ich es geschafft habe.

Seine Drogensucht hat Micki mit dem Leben bezahlt, er hat sich einen goldenen Schuss gesetzt.

Heike hat, kurz nach Micki´s Beerdigung, den Kontakt zur Familie abgebrochen und ist mit ihrer Tochter zu ihrem Freund gezogen.

Meine Tochter Dani würde schon gern mal ihre Halbschwester sehen; aber was nicht ist, ist eben nicht.

Schlusswort

Es hat lange gedauert bis ich irgendwie wieder mit allem klar kam. Merkwürdig war natürlich, das ich trotz der Schmach und Pein, die ich in beiden Ehen erleben musste, mein Helferleinsyndrom noch immer innehatte. Ich war wohl und bin es noch immer auf der Suche nach der allumfassenden Liebe. Ich beziehe das nicht auf die partnerschaftliche Verbindung, sondern auf den zwischenmenschlichen Part generell.
Immer wieder fühle ich mich verletzt und weggestoßen von Menschen an denen mir viel liegt.

Ich habe lange bebraucht, um mich in eine neue Beziehung, zu trauen. Diese lief achteinhalb Jahre und war auch zum Scheitern verurteilt. Doch ich habe etwas daraus gelernt. Status ist nur eine Maske hinter der sich menschliche Schwäche und Unsicherheit verbirgt und nicht alles was glänzt ist gold.

Eigentlich wollte ich auch nie wieder heiraten, aber erstens kommt es anders und zweitens als man denkt!

Meinen jetzigen Mann habe ich ein Jahr lang auf Entfernung gehalten und keine wahren Gefühle gezeigt.
Immer wieder habe ich Situationen heraufbeschworen, um mein AHA-ERLEBNIS im Sinne von, er ist wie Michael und Micki, zu erleben. Die Konsequenz daraus war, dass er sich von mir getrennt hat.

Aber plötzlich konnte ich reden und klar stellen warum ich so war und mir wurde bewusst, dass er es nicht verdient hatte, von mir so behandelt zu werden. Seine Sanftmut legte ich als Schwäche aus und seine Zärtlichkeit als ein Netz in welchem er mich gefangen halten wollte.
Es war sehr schwer für mich Nähe zuzulassen. Nähe kam körperlichen Schmerzen gleich.

Nach der Trennung gab es dennoch einen neuen Anfang für uns. Mike hatte erkannt das ich ein, wie er immer sagt, wundervoller Mensch mit Herzenswärme und Charisma bin und um mich gekämpft. Das muss er heute noch manchmal, denn in Abständen kommt die Angst immer wieder in mir hoch.

Wir sind jetzt 16 Jahre zusammen und davon bald 8 Jahre verheiratet.
Meinen Kindern ist er trotz seines Alters, ein besserer Vater als es die anderen beiden hätten jemals sein können. Sascha ist nun mittlerweile fast 38 Jahre alt und sagt obwohl Mike nur ein Jahr älter ist, Vaddern zu ihm. Mike tut alles für sein Söhnchen und das weiß Sascha. Andi sagt auch Vaddern, hat aber nicht so eine starke Bindung zu ihm wie Sascha. Dani sagt Papa und all meine Enkelkinder, es sind mit Patricks Kindern neun Stück an der Zahl, sagen bis auf diese beiden, Opa zu ihm. Dennis, Saschas ältester ist fast 18 und sagt ebenfalls Opa.
In der Öffentlichkeit gibt das oftmals Anlass erstaunter und verwunderter Blicke, doch inzwischen kann ich darüber schmunzeln ohne mich beschämt weg zu drehen.

Ich habe auf der frühen Hölle,
ein spätes Glück gefunden
und bin bemüht es festzuhalten.
Ob mir das für die Ewigkeit gelingt
mag ich nicht zu sagen,
aber ich will es versuchen!